¡Humphrey n
como lo

Es simpático, inteligente, solidario, compasivo y piensa y razona como los humanos.

Tuvo mucha suerte de que la señorita Mac se enamorara de él en cuanto lo vio en la tienda de mascotas "Mascotalandia". Como la señorita Mac pensaba que todos los niños, y los adultos también, podían aprender algo cuidando de otras especies, decidió comprarlo para regalárselo a sus alumnos del Aula 26 como despedida. Y es que ese mismo día, era el último de la señorita Mac en la escuela Longfellow, una escuela como tantas otras de Estados Unidos, donde se reúnen niños cuyas familias proceden de diferentes partes del mundo, enriqueciendo de esa manera el mosaico cultural de este país.

Y, entonces, de la noche a la mañana, Humphrey se convirtió en la mascota preferida de la escuela. Humphrey se dio cuenta de que los hámsteres también pueden aprender mucho observando el comportamiento de los humanos. Y esa perspicacia e instinto natural que poseen los hámsteres, pero especialmente Humphrey, hizo que se convirtiera en el amigo, confidente y consejero de todos.

A través de las páginas de este simpático y entretenido libro, conoceremos a Humphrey, hasta tal punto que desearemos que él, de alguna manera, forme parte de nuestras vidas.

Y ahora, amigos lectores, los invitamos a conocer a Humphrey, a sus compañeros de clase y a disfrutar de la lectura de este magnífico libro.

El mundo de acuerdo a Humphrey

Betty G. Birney

Traducción de Teresa Mlawer

PUFFIN BOOKS
An Imprint of Penguin Group (USA)

PUFFIN BOOKS
Published by the Penguin Group
Penguin Group (USA) LLC
375 Hudson Street
New York, New York 10014, U.S.A.

USA / Canada / UK / Ireland / Australia / New Zealand / India / South Africa / China

penguin.com
A Penguin Random House Company

First published in the United States of America by G. P. Putnam's Sons,
a division of Penguin Young Readers Group, 2004
First published by Puffin Books, an imprint of Penguin Young Readers Group, 2005
Spanish edition published by Puffin Books, an imprint of Penguin Young Readers Group, 2015

THE LIBRARY OF CONGRESS HAS CATALOGED THE G. P. PUTNAM'S SONS EDITION AS FOLLOWS:
Birney, Betty G. The world according to Humphrey / Betty G. Birney.
p. cm.
ISBN 0-399-24198-1 (hardcover)
Summary: Humphrey, pet hamster at Longfellow School, learns that
he has an important role to play in helping his classmates and teacher.
[1. Hamsters—Fiction. 2. Schools—Fiction.]
I. Title. PZ7.B5229Wo 2004 [Fic]—dc21 2003005974

Puffin Books ISBN 978-0-14-751419-6

Printed in the United States of America

5 7 9 10 8 6

Para mi esposo,
Frank
que ha visitado Brasil,
conoce las capitales de todos los estados
y puede balancear una escoba en un dedo.

Contenido:

El regreso de la señora Brisbane

Hoy ha sido el peor día de mi vida. La señorita Mac se fue del Aula 26 de la escuela Longfellow.

Para siempre. Y eso sí que es malo.

Y lo que es peor: la señora Brisbane ha regresado. Hasta el día de hoy, yo ni siquiera sabía que existía una señora Brisbane. Por suerte.

Y ahora me pregunto: ¿qué es lo que pensaba la señorita Mac? Ella tenía que saber que pronto se iría sin mí. Y que la señora Brisbane regresaría al Aula 26, y yo no tendría escapatoria posible.

A mí todavía me gusta; bueno, a decir verdad, *quiero* a la señorita Mac más que a ningún otro humano o hámster en la tierra, pero me sigo preguntando: ¿en qué estaba pensando?

"Uno puede llegar a conocerse mejor si cuida a otras especies", me dijo, de camino a casa, el día que me compró. "Estoy segura de que los chicos aprenderán más de una cosa de ti."

Eso fue la que ella pensó. Pero no creo que lo pensara muy bien.

Nunca le volveré a hablar, aunque es probable que no la vuelva a ver, porque SE FUE-SE FUE-SE FUE..., pero si

1

algún día regresara, ni siquiera la miraría.

(Sé que lo que he dicho no tiene mucho sentido, pero es difícil pensar lógicamente cuando tu corazón está partido.)

Por otra parte, hasta que la señorita Mac apareció, yo no tenía futuro en Mascotalandia. Me pasaba los días enteros sentado, mirando a los otros seres peludos encerrados en jaulas como yo. No me quejo; nos trataban bien: tres comidas diarias, una jaula limpia y música de fondo todo el día.

A pesar de la música, Carlos, el dependiente, siempre contestaba el teléfono: "Abiertos de nueve a nueve, siete días a la semana. Esquina a la Quinta Avenida y calle Alder, al lado de *La Vaca Lechera*".

Por aquel entonces, yo ni siquiera pensaba ver la Quinta Avenida o la calle Alder, y mucho menos *La Vaca Lechera*. A veces veía unos ojos o una nariz humana (no muy limpia, por cierto) mirando por el escaparate, pero aparte de eso, no ocurría nada. Los niños se alegraban al verme; sin embargo, sus padres pensaban de otra manera.

"Ven aquí, Cornelia, mira qué lindos pececitos de colores. Y son más fáciles de cuidar que un hámster", solía decir la madre.

O, "Deja eso, Norberto. Mira qué cachorritos tan lindos hay aquí. Recuerda que no hay mejor amigo que un perro".

Esa era la triste realidad: los hámsteres, los jerbos o los curieles no llegábamos a la altura de los peces, los gatos o los perros. Me veía el resto de mi vida dando vueltas en mi rueda.

Pero el día, hace solo seis semanas, que la señorita Mac me sacó por la puerta, mi vida cambió DE REPENTE. Vi la Quinta Avenida, la calle Alder y *La Vaca Lechera*, con delantal puesto y todo.

Cuando ella entró a Mascotalandia, yo estaba medio dormido, como acostumbro a hacer durante el día, ya que los hámsteres somos más activos por la noche.

—Hola.

Me despertó el sonido de una voz cálida. Cuando abrí los ojos, me topé con una mata de pelo negro rizado, una amplia sonrisa y unos enormes ojos negros. Olía a manzana. Fue amor a primera vista.

—¡Qué ojos tan bonitos tienes! —dijo ella.

—Y usted lo mismo —contesté yo. Desde luego sonó más a chillido que a un cumplido.

La señorita Mac abrió su bolso con flores azules y rosas.

—Me lo llevo —le dijo a Carlos—. A simple vista, se sabe que es el hámster más guapo e inteligente de toda la tienda.

Carlos respondió con un gruñido. Entonces, la señorita Mac seleccionó una jaula bastante respetable; no era la pagoda de tres pisos que a mí me gustaba, pero tampoco estaba mal.

Y pronto, entre la algarabía de mis compañeros y amigos, desde el diminuto ratoncito blanco hasta la lenta chinchilla, salí de Mascotalandia con grandes esperanzas.

Subimos al auto amarillo de la señorita Mac y se puso en marcha a toda velocidad. (Ella se refería al auto como

3

"la pulga", pero yo estaba seguro de que era un auto.) Cuando llegamos, subió la jaula tres pisos hasta su apartamento. Comimos manzanas. Miramos la tele. Me sacó de la jaula y me dejó correr por el suelo. Me puso un nombre: Humphrey. Y me habló sobre el Aula 26, adonde iríamos a la mañana siguiente.

—Como eres un hámster inteligente y vas a ir a la escuela, tengo un regalo para ti —dijo ella.

Y me entregó un pequeño cuaderno y un lápiz diminuto.

—Los compré en la tienda de muñecas —me explicó. Entonces los colocó detrás del espejo de mi jaula donde solo yo podía verlos.

—Desde luego que te llevará un tiempo aprender a leer y a escribir, pero eres inteligente y estoy segura de que aprenderás pronto.

Ella ni siquiera se imaginaba que ya sabía varias palabras que aprendí durante esos largos y aburridos días en Mascotalandia, palabras como *champú-quita-pulgas*, *galletas para perros o recoge-cacas*.

Recuerden que un hámster llega a su madurez a las cinco semanas. Si en cinco semanas puedo aprender todo lo que necesito en la vida, ¿cuánto tiempo tardaré en aprender a leer?

No más de una semana. En una semana podré leer e incluso escribir algo con mi lápiz diminuto.

Además de las asignaturas de la escuela, aprendí bastantes cosas de los otros alumnos del Aula 26, como de Baja-la-Voz-James, Habla-Más-Alto-Selma, Espera-por-la

Campana-Gregory, y No-Corras-Miranda. (Aunque, a decir verdad, nunca la vi correr. Yo sí que corro en mi rueda.)

Durante el día, me sentía feliz en el Aula 26. Mi jaula tenía todas las comodidades que un hámster podía desear. Tenía unos pequeños barrotes para protegerme de mis enemigos. En una esquina, tenía un pequeño y cómodo rinconcito para dormir, donde nadie me podía ver o molestar. Había una rueda para que yo pudiera dar vueltas. El espejo resultaba muy útil para comprobar mi aspecto físico de vez en cuando y para mantener oculto el cuaderno y el lápiz. En una esquina, almacenaba mi comida, la opuesta, era el área reservada para mis necesidades, porque a los hámsteres les gusta mantener separado el alimento del excremento. (Y a quién no.) En fin, que la jaula tenía todo lo que yo necesitaba.

Por las noches, me iba a casa con la señorita Mac. Mirábamos la tele o escuchábamos música. A veces, la señorita Mac tocaba los bongos. Ella hizo un túnel en el suelo para que yo pudiera correr libremente y divertirme a mis anchas.

¡Qué maravillosos recuerdos tengo de esas seis semanas con Morgan McNamara! Ese es su verdadero nombre, pero como es tan buena o, mejor dicho, era, le dijo a los estudiantes que podían llamarla señorita Mac.

Durante los fines de semana, la señorita Mac y yo corríamos toda clase de aventuras. Me colocaba en el bolsillo de su blusa, justo sobre su corazón, y me llevaba a la lavandería. Tenía amigos que la visitaban, se divertían y me mimaban todo el tiempo. Incluso, en una ocasión, me llevó a pasear en bicicleta. ¡Todavía siento el aire en mi piel!

No tenía la menor idea, hasta esta mañana, de lo que iba a hacer. De camino a la escuela, me dijo:

—Humphrey, no sé cómo decírtelo, pero hoy es mi último día en el Aula 26, y te voy a extrañar más de lo que te puedes imaginar.

¿Qué me estaba contando? ¡Me agarré a mi rueda como si de ello dependiera mi vida!

—Verás, en realidad, es la clase de la señora Brisbane, pero justo antes de que comenzara el curso, su esposo sufrió un accidente y yo me hice cargo de su clase. Ahora ya está bien y por eso hoy regresa definitivamente.

¿Definitivamente? ¿Qué es eso de definitivamente? No me gustan las cosas que son definitivas.

—Además, Humphrey, en realidad quiero conocer el mundo… —añadió.

Eso me parecía estupendo. Hasta ahora había disfrutado de todo lo que había visto en el mundo e iría hasta el infinito con la señorita Mac, pero obviamente ella no había terminado de hablar.

—… si bien, lamentablemente, no puedo llevarte conmigo.

Todas mis esperanzas se vinieron abajo. Completamente.

—Además, los niños del Aula 26 te necesitan para que les enseñes a ser responsables. Y la señora Brisbane también te necesita.

Desafortunadamente, nadie se lo dijo a la señora Brisbane.

La señora Brisbane estaba ya en el aula cuando nosotros llegamos. Recibió a la señorita Mac con una sonrisa y le estrechó la mano.

Entonces se fijó en mí, frunció el ceño y dijo:

—¿Es eso una especie de… *roedor*?

La señorita Mac le soltó un discurso acerca de todo lo que los chicos podrían aprender cuidando de otras especies.

La señora Brisbane dijo horrorizada:

—¡Yo no necesito roedores! ¡Por favor, llévese *eso*!

Con *eso*, se refería a *mí*.

La señorita Mac ni se inmutó. Colocó mi jaula en su lugar, cerca de la ventana, y simplemente dijo que los chicos se habían encariñado conmigo. Al lado de la jaula dejó una copia del libro *Guía para el cuidado y alimentación de los hámsteres,* escrito por el Dr. Harvey H. Hammer, y una tabla que indicaba las veces que tenían que darme de comer y limpiar la jaula.

—Los niños saben lo que tienen que hacer. En realidad, usted no tiene que hacer nada —le explicó la señorita Mac, mientras la señora Brisbane no dejaba de mirarme fijamente.

Justo en ese momento, mis compañeros de clase entraron corriendo y, en menos de media hora, la señorita Mac se había despedido de todos, incluyéndome a mí.

—Nunca te olvidaré, Humphrey —me susurró cerca

de la jaula—. No me olvides tú tampoco.

—Dudo que me pueda olvidar de usted, pero no estoy tan seguro de que algún día pueda perdonarla —chillé.

Y entonces se fue. Sin mí.

La señora Brisbane no se acercó a mi jaula hasta la hora del recreo. Se inclinó y me dijo:

—Me temo que tú también tendrás que irte.

Pero, por suerte, ella no conocía mi secreto: la cerradura de la puerta de mi jaula no trabajaba. Nunca había funcionado. Era la-cerradura-que-no-cierra.

Así que para el mejor conocimiento de la señora Brisbane: si me tenía que ir, sería cuando y donde *yo* decidiera, no ella.

Mientras tanto, me cuidaré de no darle la espalda. Si alguna vez desaparezco y alguien encuentra mi cuaderno, por favor, buscar bajo "señora Brisbane".

CONSEJO UNO: Elige la casa para tu hámster con cuidado y asegúrate de que sea segura. Los hámsteres son unos verdaderos expertos en el arte de escapar y, una vez fuera, es difícil encontrarlos.

Guía para el cuidado y alimentación de los hámsteres, Dr. Harvey H. Hammer.

Vida nocturna

El resto del día me sentí TRISTE, MUY TRISTE.

—Pareces triste, Humphrey —me dijo No-Corras-Miranda mientras limpiaba mi jaula antes del almuerzo.

De acuerdo a la tabla que había dejado la señorita Mac, le tocaba a Miranda limpiar mi jaula, y es que Miranda era la que mejor limpiaba la jaula y jamás decía: "¡Huy, qué asco!".

Se puso unos guantes desechables y limpió bien la esquina donde yo hacía mis necesidades, me arregló la cama, me puso agua limpia y, ¡vaya suerte!, me puso unos pedacitos de lechuga y algunos gusanillos.

—Seguro que te gustan —dijo ella mientras introducía unos trocitos de coliflor que había traído de su casa.

Desde luego que Miranda sabía lo que era bueno. En seguida los guardé en la bolsa que tengo junto a las mejillas hasta poder dejarlos en mi jaula. A los hámsteres nos encanta almacenar comida para el futuro.

Una vez que mi jaula estuvo reluciente, me dediqué a observar a la señora Brisbane con detenimiento.

La señorita Mac era alta, usaba blusas de colores

vivos, faldas cortas y zapatos de tacón alto. Llevaba brazaletes que sonaban como campanillas. Hablaba en voz alta y gesticulaba con las manos mientras enseñaba, caminando entre los pupitres.

Por el contrario, la señora Brisbane era bajita, de cabello gris corto. Usaba ropa de colores oscuros y zapatos bajos, y cuando caminaba no se escuchaban las campanillas. Apenas se oía su voz, y enseñaba sentada desde su escritorio o de pie, en la pizarra.

No en balde me estaba quedando dormido después del almuerzo. Comí bastante, y con esa voz que era apenas un susurro…

—¿Es eso todo lo que sabe hacer este hámster, dormir? —preguntó en un momento que miró en dirección a mi jaula.

—Es que es "turno" —dijo Levanta-la-Mano-Ana Montana.

—Levanta-la-Mano-Ana —dijo la señora Brisbane—. ¿Qué quieres decir por "turno"?

—Ya sabe, "turno", que duerme de día —explicó Ana.

De repente, me desperté sobresaltado:

—"Nocturno"—chillé—. Los hámsteres somos *nocturnos*.

—Oh, quieres decir *nocturno* —señaló la señora Brisbane, como si me hubiese escuchado. Se dio la vuelta y escribió la palabra en la pizarra.

—¿Quién puede nombrar otro animal que sea nocturno?

—El búho —dijo Ana.

—Levanta-la-Mano-Ana —dijo la señora Brisbane—.
La respuesta es correcta. El búho es nocturno. ¿Alguien
más?

Se escuchó una voz:

—¡Mi papá!

La señora Brisbane observó a toda la clase:

—¿Quién dijo eso?

—Fue James —dijo Gregory Turell, señalando a
James.

Los dos niños se sentaban en los pupitres más cerca-
nos a mi jaula.

—James, cuéntanos qué hace tu papá —dijo la señora
Brisbane.

James se movió inquieto en su asiento.

—Mi mamá dice que mi papá es nocturno porque se
queda despierto hasta muy tarde viendo la televisión.

No-te-Rías-Rita y otros estudiantes se echaron a reír.
La señora Brisbane estaba seria.

—El uso de la palabra es correcto, aunque técnica-
mente los humanos no son nocturnos. ¿Algún otro ejem-
plo?

La clase nombró otros animales nocturnos, como los
murciélagos, los coyotes y las zarigüeyas. La señora Brisbane dijo que más adelante aprenderíamos acerca de los
hábitos de los animales.

Si me hubiese observado, quizás hubiese podido
aprender algo. Sin embargo, durante el resto de la clase
permaneció lo más alejada posible de mi jaula, como si
yo tuviese una enfermedad contagiosa o algo parecido.

Sin embargo, debo decir que esa tarde nos leyó una

historia maravillosa. La historia era tan buena, que esa tarde no dormí la siesta. Trataba de una casa embrujada, unos ruidos espantosos y... ¡un fantasma! PUM-PUM-PUM, se escuchaban los pasos del fantasma resonando por los pasillos, y yo temblaba de miedo.

Tengo que admitir que la señora Brisbane sabe cómo contar historias. Su voz cambiaba de tono, sus ojos se agrandaban como platos y hasta yo me olvidaba de su cabello gris y de su traje oscuro. A decir verdad, ¡tenía los pelos de punta! El final de la historia fue divertido, porque en realidad no había tal fantasma, ¡era solo un búho!

Cuando terminó, todo el mundo se echó a reír, incluyendo la señora Brisbane.

Comenzaba a creer que la vida con esta nueva maestra no sería tan mala después de todo. Pero cambié de opinión cuando al final del día todos mis compañeros se fueron corriendo a sus casas y me dejaron solo con *ella*.

Borró la pizarra y recogió todos sus papeles. Sabía que pronto nos iríamos a su casa. De repente, me preocupé. ¿Y si la señora Brisbane vivía en una casa embrujada con ruidos extraños y un fantasma que pisaba fuerte?

O, peor aún, ¿y si ella tenía una mascota peligrosa, como un perro?

Mi mente corría tan de prisa como mi rueda cuando corría; entonces se acercó a mi jaula, se inclinó, me miró fijamente y dijo:

—A ver cómo te las arreglas solo.

Y dicho eso, bajó las persianas y se fue. Pero antes de

salir, escuché como pronunciaba entre dientes: "roedor".

Salió del aula y cerró la puerta.

Y yo me quedé solo, completamente solo en el Aula 26.

Nunca antes me había sentido tan solo.

Poco a poco, el cuarto se fue oscureciendo y se hizo un silencio absoluto. Y recordé aquellos tiempos felices en el apartamento de la señorita Mac, donde siempre había luz, música, conversaciones por teléfono y… ¡Oh, cielos!, cómo nunca antes, durante el día, me había dado cuenta de que el reloj de la pared anunciaba cada segundo, uno a uno, tan insistentemente.

Pero con cada TIC-TAC-TIC-TAC, yo me sentía cada vez más MAL- MAL- MAL.

Me preguntaba si a lo mejor había algún fantasma o búho en el Aula 26.

Traté de entretenerme escribiendo en mi cuaderno cosas sobre Mascotalandia y de mis días en el apartamento de la señorita Mac. Escribir me ayudaba a calmar mis nervios. Pero finalmente mi pata se cansó y tuve que suspender mis garabatos. Si al menos pudiera correr libremente como en el apartamento de la señorita Mac…

Y entonces me acordé de la-cerradura-que-no-cierra.

Solo me llevó unos segundos el abrir la puerta y salir disparado por la mesa. Me agarré fuertemente a una de sus patas y me deslicé hasta el suelo.

¡Libre al fin! Me precipité por el reluciente suelo y corrí por entre las sillas y los pupitres. Me detuve a comer un cacahuete que se había caído debajo de la silla de

No-te-Rías-Rita. Estaba delicioso y crujiente. Mordía, masticaba y saboreaba el cacahuete, y cuando paré un momento... escuché el ruido:

PUM-PUM-PUM.

Como en la historia que la señora Brisbane nos había leído.

PUM-PUM-PUM.

Cada vez más cerca, por el pasillo, en dirección al Aula 26.

Esta vez, el ruido era un poco diferente:

TRAS-TRAS-TRAS.

PUM-PUM-PUM.

De pronto, deseé estar dentro de mi jaula, cómodo y protegido. Dejé lo que quedaba del cacahuete y corrí a refugiarme en ella. Pero cuando llegué a la mesa, me invadió un pensamiento terrible: me había deslizado por la pata de la mesa para bajar, pero, ¿cómo iba subir?

Me aferré nuevamente a la pata y comencé a subir ARRIBA-ARRIBA-ARRIBA, pero, apenas había logrado subir un pequeño tramo cuando comencé a BAJAR-BA-JAR-BAJAR y me encontré exactamente donde había comenzado.

El ruido era cada vez más fuerte. Ya no venía en dirección al Aula 26, *estaba* en el Aula 26.

En ese momento, me fijé en un cordón que caía al lado de las persianas. Sin pensarlo, me lancé, agarré el cordón y comencé a balancearme hacia delante y hacia atrás. El estómago me daba vueltas y deseé no haber comido el cacahuete. Con cada impulso, me elevaba un poco más del suelo y tan pronto como vi la superficie de la mesa, cerré los ojos y me lancé.

¡Puf! Resbalé por toda la mesa hasta que entré en mi jaula. Cuando me volví para cerrar la puerta, una luz me cegó.

Sea lo que fuese, esa cosa había encendido las luces y caminaba por toda el aula. Era grande y pesado, y ahora se dirigía hacia mí.

En ese momento, mis ojos se adaptaron a la claridad y pude verlo. ¡Era un hombre!

—Vaya, vaya, qué tenemos aquí, un nuevo estudiante —dijo una voz.

El hombre me miraba y sonreía. Tenía un bonito pelaje a lo largo de su labio superior. Un bigote negro. Se agachó para verme mejor.

—Soy Aldo Amato. ¿Y quién eres tú?

—Me llamo Humphrey… ¡Y vaya susto que me ha dado! —le dije. Pero, como de costumbre, mi voz sonó como un chillido.

Aldo se fijó en el letrero de la jaula.

—¡Vaya, conque eres Humphrey! Espero no haberte asustado —dijo sonriendo—. Vengo a limpiar el salón. Lo hago todas las noches. ¿Dónde estabas antes? —preguntó, mientras se acercaba con un carrito que tenía un cubo, una escoba, un trapeador y toda clase de recipientes y trapos.

—No te preocupes —dijo, como si mantuviéramos una conversación—. La señora Brisbane regresó hoy. Sabes, Humphrey, es muy buena maestra. Ha enseñado en esta escuela durante muchos años. Yo hubiese querido tener una maestra como ella. Oye, Humphrey, ¿te gusta la música?

Trataba de decirle que amaba la música tanto como a la señorita Mac cuando, de repente, de la radio que llevaba en el carrito, salió una música a todo volumen y comenzó a trabajar: barriendo y limpiando el polvo de los pupitres.

Pero Aldo Amato no solamente sacudía y barría, bailaba, hacía piruetas y se movía al compás de la música.

—¿Te gusta la función? —me preguntó Aldo mientras sostenía la escoba como si fuese su pareja de baile.

Aldo soltó una gran carcajada. Su bigote se estiró tanto que pensé que se le iba a caer.

—Te voy a mostrar lo que es tener verdadero talento.

Entonces, Aldo Amato agarró la escoba y, con cuidado, la balanceó sobre la punta de un dedo de la mano. La escoba se movía peligrosamente de un lado a otro, pero, increíblemente, Aldo logró mantenerla en alto un buen rato. Cuando terminó, hizo una reverencia y dijo:

—¿Qué te ha parecido? Me voy a unir al circo…

Y otra vez soltó una gran carcajada.

Después, Aldo se secó el sudor de la frente con un pañuelo y se sentó en el asiento que normalmente ocupaba James:

—¿Sabes una cosa, Humphrey? Eres tan buena compañía que voy a cenar aquí, junto a ti. ¿Te importa?

—POR FAVOR-POR FAVOR-POR FAVOR —chillé entusiasmado.

Aldo acercó la silla junto a mi jaula.

—Oye, en verdad eres bien parecido…, como yo. Toma…, come un poquito de verde, que no te hará daño, ¿verdad?

Arrancó unos pedacitos de lechuga de su sándwich y los metió entre los barrotes. En seguida los guardé en mi bolsa.

—Me parece muy bien, Humphrey. Siempre hay que guardar para un día de lluvia —asintió Aldo.

Los dos disfrutamos de un buen rato. Aldo me contó que antes tenía un trabajo de día, pero que la compañía para la que trabajaba había cerrado y había pasado mucho tiempo sin conseguir un nuevo empleo. Ya casi no tenía dinero para pagar el alquiler cuando le ofrecieron este trabajo en la escuela Longfellow. Estaba contento de haber conseguido el trabajo, pero en realidad era un poco solitario trabajar de noche cuando todos sus amigos lo hacían de día. Ya no se podían reunir como antes.

Intenté hablarle de las otras criaturas nocturnas como yo y él trató de prestar atención.

—Sé que intentas decirme algo, pero no te entiendo. A lo mejor lo que me quieres decir es que no estoy solo después de todo, ¿sí?

¡Vaya, lo entendió!

Aldo se puso de pie y echó la basura dentro de la bolsa de plástico que llevaba en el carrito.

—Amigo, me quedan muchas otras aulas por limpiar, pero regresaré mañana. Podríamos cenar otra vez juntos.

17

Aldo empujó el carrito en dirección a la puerta y extendió la mano hacia el interruptor.

—¡NO-NO-NO! —chillé solo de pensar en quedarme en la total oscuridad otra vez.

Aldo se detuvo:

—No sé qué me da dejarte a oscuras, pero es que si no apago las luces, puedo perder mi trabajo.

Cruzó la habitación hasta llegar a la ventana.

—Abriré un poco las persianas. La luz de la calle entra directamente por la ventana.

Después de apagar las luces, se fue; entonces me comí la lechuga que había guardado en mi bolsa. Disfruté de la tenue y cálida luz que entraba por la ventana y pensé en mi nuevo amigo, Aldo.

CONSEJO DOS: Los hámsteres no son quisquillosos para la comida y comen poco. Asegúrate de darle a tu mascota un menú saludable y variado.

Guía para el cuidado y alimentación de los hámsteres, Dr. Harvey H. Hammer.

Las dos caras de la señora Brisbane

Esa semana estuvimos MUY, MUY, MUY ocupados, pero aprendí mucho. Aprendí todas las capitales de los estados. (No puedo asegurar que me acuerde de todas, pero las sé.)

Aprendí cómo el agua se transforma de sólido a líquido y en gas.

Aprendí a restar fracciones.

Y aprendí algo muy importante. Algo muy extraño: había dos señoras Brisbane.

Y yo que pensaba que con una ya era suficiente.

La primera señora Brisbane era una buena maestra, tal y como dijo Aldo. Ella incluso era mejor que la señorita Mac logrando que James bajase la voz y que Ana levantase la mano antes de decir cualquier cosa en voz alta.

Por supuesto, nadie podía lograr que Habla-Más-Alto-Selma levantara la mano o dijera algo en clase. Y es que Selma era tan callada y tímida que nunca respondía a ninguna pregunta. Si la maestra la llamaba, simplemente bajaba la cabeza y se quedaba callada, con la vista fija en su pupitre.

Pero cuando a Selma le tocaba limpiar mi jaula y darme de comer, me sostenía en su mano tan delicadamente que me parecía flotar sobre una nube.

—Hola, Humphrey —me decía bajito—. Tienes una piel preciosa.

Sentía una gran calma cada vez que ella me sostenía.

Era tan buena que me hubiera gustado que la señora Brisbane la dejara en paz. La señorita Mac casi nunca la llamaba, porque en seguida comprendió que Selma era muy tímida. Pero la señora Brisbane la nombraba constantemente. No la dejaba tranquila.

—Selma, por favor, contesta. Sé que sabes la respuesta —le decía, mientras que Selma se quedaba mirando su escritorio como si estuviese atenta a un programa en la tele.

Sorprendentemente, una vez la señora Brisbane perdió la paciencia y le dijo:

—Querida Selma, dulce y tímida Selma, hoy te quedas en clase durante el recreo.

Selma mantuvo la cabeza baja, sin mover ni un solo músculo, aunque un segundo más tarde, vi algo mojado que se deslizaba desde los ojos de Selma hasta su pupitre.

En ese momento, odié a la señora Brisbane.

Es obvio que yo no salía al recreo. De hecho, me gustaba porque así podía dormir la siesta.

Así que yo estaba allí cuando la señora Brisbane habló con Selma. Y estaba preparado para chillar en su defensa si fuese necesario.

20

La señora Brisbane llevó una pila de papeles a la mesa y se sentó frente a Selma.

—Selma, tú piensas que yo soy mala contigo, ¿verdad?

Selma negó con un leve movimiento de cabeza. Yo, por el contrario, asentí fuertemente con la mía, pero nadie se dio cuenta.

—Yo no te preguntaría si no estuviese segura de que sabes las respuestas —le explicó la maestra—. Mira tus tareas y los exámenes. Siempre obtienes 100 en todo: ortografía, ciencia, geografía y aritmética. Tu vocabulario es excelente, pero nunca te oigo hablar. ¿Cuál es la razón?

Revisé mi cuaderno y me quedé impresionado. Yo solo obtuve 85 en el último examen de ortografía. ¡Esta chica era realmente inteligente!

La niña no contestó.

—Selma, voy a tener que enviarles una nota a tus padres. A lo mejor ellos me pueden ayudar a encontrar una solución —dijo la señora Brisbane.

Selma levantó la cabeza asustada:

—No, por favor —suplicó.

La señora Brisbane se sorprendió. Extendió la mano hasta tocar la de Selma y le dijo:

—No enviaré la nota… si me prometes que lo vas a intentar.

Selma volvió a bajar la vista y asintió con la cabeza.

—Hagamos un trato: no te preguntaré si me aseguras que en algún momento de la próxima semana, levantarás la mano para contestar alguna pregunta. ¿De acuerdo?

Selma asintió con la cabeza.

—Quiero oír cómo lo dices —le pidió la señora Brisbane.

—De acuerdo —susurró Selma.

—¡Estupendo! —dijo la señora Brisbane con una sonrisa—. Y, ahora, ¿me ayudas a borrar la pizarra?

La niña se levantó de un salto y corrió hacia la pizarra. Por alguna razón, a todos los estudiantes del Aula 26 les gustaba borrar la pizarra.

A veces era difícil entender a la señora Brisbane. En realidad, no había sido mala con Selma. Simplemente hizo lo que un buen maestro debe hacer.

Me gustaba esta señora Brisbane. Incluso me gustaba la blusa rosada que llevaba.

Pero al final del día, cuando los estudiantes se habían ido a sus casas, regresó la segunda señora Brisbane.

La que daba miedo.

Recogió todo y se dirigió a la ventana para cerrar las persianas. Mi única esperanza era que más tarde Aldo las abriera.

Bajó la vista y se dio cuenta de que alrededor de la mesa, donde descansaba mi jaula, estaba sucio. La bolsa del material para hacer mi cama se había roto y había restos por todas partes. Gregory había limpiado mi jaula, pero había dejado la tapa de la caja de mi comida abierta y se había caído por la mesa.

—¡Madre mía! —exclamó la señora Brisbane con cierto disgusto.

Decidí dar vueltas en mi rueda. Por lo general, eso alegra a la gente, aunque no a la señora Brisbane.

Comenzó a limpiar la mesa con papel toalla y desinfectante mientras murmuraba cosas todo el tiempo.

—Este no es mi trabajo —gruñía—. Estos niños tienen que aprender a ser responsables. Esto es lo que me faltaba… ¡tener que cuidar de un roedor!

Nadie pronunciaba roedor de la manera que lo hacía la señora Brisbane.

Entonces me miró enojada y dijo:

—¡Eres un verdadero problema y ya buscaré la manera de deshacerme de ti!

Y dicho eso, agarró su bolso y sus papeles y salió disparada del Aula 26.

Por primera vez no me importó quedarme solo, ni siquiera escuchar el TIC-TAC-TIC-TAC del reloj.

Yo estaba FELIZ-FELIZ-FELIZ de que la segunda señora Brisbane se hubiera ido.

Estaba preocupado por lo que había dicho, pero traté de mantener la mente ocupada practicando palabras de vocabulario, hasta que la luz desapareció por completo. (Si Selma había conseguido una puntuación de 100, ¿por qué no yo?)

Entonces me senté a esperar.

De repente, la puerta se abrió, una luz brillante me cegó y escuché una voz familiar:

—¡No temas, Aldo al rescate!

Aldo acercó su carrito a mi jaula y se agachó para verme bien.

—¿Cómo estás, Humphrey? —me preguntó.

Empecé a contarle mi historia, pero, como siempre, no creo que Aldo entendiera nada.

—¡Madre mía! ¡Parece que tienes los pelos de punta! Esto te pondrá contento.

Aldo sacó algo de una bolsa de papel y lo movió de un lado a otro frente a mi jaula.

—Algo para roer, mi pequeño amigo —dijo abriendo la puerta de la jaula.

¡QUÉ MARAVILLA! ¡Una galletita para perros! En cierta ocasión, una amiga de la señorita Mac me regaló una. Duran para toda la vida.

—¡Vaya! ¡Por fin una sonrisa en tu cara! —dijo Aldo, orgulloso—. Voy a darme prisa para poder cenar juntos.

Nunca vi a nadie moverse tan rápidamente como Aldo. Subió el volumen de la música a tope. Entonces, barrió, trapeó, y sacudió el polvo mientras yo mordisqueaba mi galletita.

Cuando terminó, acercó una silla a mi jaula y sacó un sándwich gigante.

—Sabes, Humphrey, algunas personas pensarán que estoy loco hablando con un hámster. Pero tú eres mejor compañía que mucha gente que conozco. Toma..., un poco de ensalada, ¡es buena para ti!

Arrancó un trocito de lechuga y lo dejó caer por entre los barrotes.

—Gracias —chillé.

—De nada —contestó Aldo.

—Bueno, ¿de qué hablábamos anoche? Ah, ya recuerdo, de la soledad. Sabes, Humphrey, tengo amigos, pero durante el día, cuando me gustaría hacer algo, como ir al cine o a bolear, ellos están trabajando. Y cuando ellos pueden hacer algo, yo estoy trabajando. Desde luego que están los fines de semana, pero siempre se los dedico a mi familia. Mi hermano, mis sobrinas y sobrinos. Tengo una familia grande.

De pronto, Aldo se tocó la sien con la palma de la mano y dijo:

—Caramba, Humphrey casi me olvido otra vez. Mi sobrino… está en tu clase. Se llama Ricky Ronaldo y se sienta allí, en la última fila. Su pupitre es el más limpio de toda la clase. Mejor que así sea o si no se las tendrá que ver con su tío. ¿Lo conoces?

—Seguro — chillé.

Repite-Eso-Por favor-Ricky. Uno de los chicos más simpáticos de la clase. Pero dice las cosas entre dientes y generalmente tiene que repetirlas dos o tres veces hasta que se le entiende.

Aldo estrujó la bolsa entre las manos y la lanzó al cubo de basura:

—Bueno, me tengo que ir. En el Aula 16 tienen una rana, pero no es tan buena compañía como tú, aunque canta bien.

Cantar. Si quieres yo también te puedo cantar, me dije: DO, RE, MI…

—Pero no te preocupes. Tú eres mi favorito —continuó, y abrió las persianas para que entrara la luz.

Antes de cerrar la puerta dijo:

25

—¡Hasta la semana que viene, Humphrey!

¡La semana que viene! Un escalofrío recorrió mi cuerpo. El día siguiente era viernes. Cuando la señorita Mac estaba en el Aula 26, siempre me llevaba a su casa los fines de semana. Pero si la señora Brisbane no me llevaba a su casa, estaría dos días, y dos largas noches sin nadie, ni siquiera Aldo, para darme de comer o conversar conmigo.

O lo que era peor: ¿y si la señora Brisbane decidiera llevarme a su casa? ¿Qué destino me aguardaría allí?

Tenía suficientes preocupaciones para mantenerme ocupado el resto de la noche, pensando en la señora Brisbane y sus planes para deshacerse de mí. Señorita Mac, por favor… ¡Regrese!

CONSEJO 3: A los hámsteres les agrada un cambio en su rutina. Algunas de sus actividades favoritas son comer, asearse, trepar, correr, dar vueltas en la rueda, tomar una siesta y que los acaricien.

Guía para el cuidado y alimentación de los hámsteres, Dr. Harvey H. Hammer.

El hombre más importante del mundo

Por suerte, el viernes transcurrió tranquilamente. Siento decir que Selma no levantó la mano. Sin embargo, Ana, sí, ¡increíble! James no alzó la voz. Ricky limpió mi jaula. Traté de imaginármelo con un bigote grande y negro como el de su tío Aldo.

Ese mismo día, cuando la señora Brisbane le pidió que nombrara la capital de Kentucky, Ricky dijo: "Perrito caliente".

Por supuesto, todo el mundo comenzó a reírse, especialmente No-te-Rías-Rita, conocida también como Rita Morgenstern.

—Repite-Eso-Por favor-Ricky —dijo la maestra.

Ricky comprendió que se había equivocado y entonces dijo: "Frankfurter".

Más risas y risotadas.

—Inténtalo, otra vez, Ricky —le dijo la señora Brisbane, tratando de no reírse.

—¡Frankfort! —dijo orgulloso.

(Dicho sea de paso, esa era la respuesta correcta.)

Como ven, no fue un día precisamente malo en el Aula 26. Solo que yo me sentía nervioso pensando qué

iba a pasar cuando sonara la campana para irse a la casa.
¿Me dejarían solo…, hambriento y abandonado durante
dos días o terminaría cautivo en la casa embrujada de la
señora Brisbane?

Por fin sonó la campana y los alumnos salieron
volando como una bandada de palomas mensajeras, tal
y como vimos en una película que nos mostró la señorita
Mac.

Justo entonces, entraron algunas de las madres de los
compañeros de clase. Una era la mamá de Ana Montana
y la otra era la de Arturo Pimentel. (En realidad es Presta-Atención-Arturo.) Querían hablar con la señora Brisbane acerca de la fiesta de Halloween, que tendría lugar
en menos de dos semanas.

Yo no sabía qué era Halloween, pero por lo poco que
pude escuchar, me parecía algo espeluznante, especialmente cuando hablaron de traer murciélagos, brujas y, lo
que era peor, ¡gatos!, a la clase.

HORRIBLE, HORROROSO, ESPANTOSO. ¡Vaya,
qué ocurrencias!

Ya estaba preparado para abrir la puerta de mi jaula
y escapar cuando, de pronto, entró al aula el señor Morales, el director de la escuela.

El señor Morales era la persona más importante de
toda la escuela. Estaba a cargo y era obvio que todo el
mundo lo respetaba. Para empezar, el señor Morales
siempre usaba corbata. Nadie más en la escuela llevaba
corbata. Cuando el señor Morales entraba en una clase,
todo el mundo dejaba lo que estaba haciendo para escuchar lo que iba a decir. Y, por último, las dos, la señorita

Mac y la señora Brisbane, a veces amenazaban a los chicos que no se portaban bien con enviarlos a la oficina del señor Morales. Tan solo con mencionar el nombre del director, los estudiantes se convertían en verdaderos angelitos.

—Buenas tardes, señoras —dijo el señor Morales. Llevaba puesta una camisa de color azul claro y una corbata con dibujos de libros.

Todo el mundo correspondió a su saludo.

—¿Qué tal tu primer día de clase, Susana?

"Susana" aparentemente era la señora Brisbane, aunque no se me hubiera ocurrido pensar que tuviera un nombre.

Ella contestó que estaba muy contenta de haber regresado y que su clase era maravillosa, comentario que evidentemente agradó a las madres que allí se encontraban.

Entonces, el señor Morales se acercó a mi jaula y se inclinó sonriendo. Su corbata se balanceaba de un lado a otro sobre mi cabeza.

—Seguro que estás disfrutando de este inquieto nuevo alumno —dijo con una sonrisa.

Esperaba que la señora Brisbane le dijera que yo era un roedor muy travieso. Sin embargo, fingió una sonrisa y dijo:

—Bueno, sí, pero me supone un trabajo que no tenía antes.

El señor Morales me hizo un leve movimiento con el dedo de la mano.

—Yo siempre quise tener un hámster; sin embargo,

29

mi padre nunca me dejó. Parece muy simpático.

La señora Brisbane se aclaró la garganta:

—Lo es, pero distrae mucho a la clase. Había pensado preguntarle al señor Kim del Aula 12 si lo quería.

Su respuesta me tomó por sorpresa; por suerte, también a las madres que estaban presentes.

—¡Oh, no! Los niños adoran a Humphrey —exclamó la señora Pimentel.

—Ana habla de él todo el tiempo. Y es una buena manera de enseñarles responsabilidad —dijo la señora Montana.

—Sí, pero es demasiada responsabilidad para mí —suspiró la señora Brisbane—. Por lo menos podré descansar dos días este fin de semana.

—¿No se lo va a llevar a casa el fin de semana? —preguntó la señora Pimentel.

La señora Brisbane retrocedió y se alejó de la jaula:

—¡Oh, no! Eso ni pensarlo.

—Pero la señorita Mac siempre se lo llevaba a casa… —señaló la señora Montana.

—Estará bien. Tiene suficiente comida —contestó firmemente la señora Brisbane.

Las madres guardaron silencio por unos segundos. El señor Morales seguía moviendo su dedo en mi dirección.

Entonces la señora Montana habló:

—¿Por qué los niños no se turnan para llevarse a Humphrey los fines de semana? Nosotros hablaríamos con el resto de los padres y les daríamos instrucciones. ¡Será una experiencia maravillosa!

—Algunos padres no querrán – dijo la señora Brisbane.

"Eso es lo que usted cree", pensé.

—No se preocupe —dijo la señora Montana—. Estoy segura de que muchos, sí.

—¡Qué buena idea! —exclamó la señora Pimentel—. Yo me lo llevaría hoy mismo, pero ya tenemos planes para ir al lago este fin de semana.

—Yo también me lo llevaría —continuó la señora Montana—, pero estamos pintando la casa y está patas arriba. Pero la semana que viene, seguro.

—Yo también puedo la semana que viene —afirmó la señora Pimentel.

La señora Brisbane sonrió con sarcasmo:

—Bien. Entonces, ¿quién se lo va a llevar este fin de semana?

Las dos mamás se miraron.

—Puedo hacer algunas llamadas. Quizá la señora Ronaldo no tenga inconveniente —sugirió la señora Pimentel.

—POR FAVOR-POR FAVOR-POR FAVOR —chillé yo.

De repente, el señor Morales dijo:

—Tengo una idea mejor —anunció—. Yo me llevaré a Humphrey este fin de semana. A mis hijos les encantará. Comenzando el próximo fin de semana, los alumnos podrán turnarse.

Las tres mujeres estaban tan sorprendidas como yo.

—No se preocupen. Estará en buenas manos —aseguró el señor Morales.

Bueno, eso mismo pensé yo. Al fin y al cabo me iba a la casa de la Persona-más-Importante-de-la-Escuela-Longfellow.

Mientras conducía el auto hacia su casa, el señor Morales me explicó que de niño siempre quiso tener un hámster, pero que su padre le decía que no necesitaba otra boca más que alimentar. Él trataba de convencerlo diciéndole que compartiría su comida. Pero su padre siempre respondía que había que comprarle una jaula y más cosas.

—Quizá tuviera razón. La verdad es que no teníamos dinero.

Entonces mostró una amplia sonrisa y dijo:

—Pero ahora es diferente. Ahora, yo soy el director de una gran escuela.

Ya les había dicho que era una persona importante.

La casa, por fuera, era muy bonita, aunque, por dentro, no pude verla bien porque, tan pronto entramos por la puerta, dos remolinos de viento comenzaron a dar vueltas y gritos a mi alrededor.

—Tranquilos, que van a asustarlo —les dijo el señor Morales. Y vaya si lo estaba.

Nos presentó. El más pequeño, que tendría cinco años, se llamaba Guillermo. No dejaba de meter sus deditos por entre los barrotes. Por puro instinto ya iba a morderle cuando recordé que era el hijo de la Persona-más-Importante-de-la-Escuela-Longfellow. Y no lo hice.

La niña, que tenía alrededor de siete años, se llamaba Brenda. No paraba de pegar su cara a la jaula y dar grititos. Traté de contestarle con los mismos chillidos, pero no creo que me oyera.

El señor Morales intentó hacerles callar. Les explicó que yo era un invitado en su casa ese fin de semana y que tenían que tratarme con cuidado y respeto.

Pero no escuchaban.

Una señora muy guapa entró en la sala con unas llaves en la mano:

—Se me hace tarde. Tengo que mostrar una casa. —Miró en mi dirección y añadió—: Hablaremos sobre *eso* más tarde. Adiós.

El señor Morales le deseó suerte y ella se fue. Entonces llevó mi jaula hasta la sala de estar, mientras Guillermo y Brenda se agarraban de sus piernas y no dejaban de gritar.

Mi jaula se balanceaba tanto de un lado a otro que me estaba mareando.

El señor Morales finalmente puso mi jaula sobre una mesa en la sala de estar.

—Ahora, acérquense: les voy a contar todo acerca de Humphrey.

—¿Puedo sacarlo fuera de la jaula? —preguntó Guillermo.

—¿Puedo ponerlo en mi cuarto y que duerma conmigo esta noche? —preguntó Brenda.

—No vamos a hacer nada hasta que ustedes se calmen —dijo el señor Morales.

"¡Bravo, señor Morales!", pensé yo.

Pero, aun así, los niños no escuchaban. En su propia casa no respetaban a la Persona-más-Importante-de-la-Escuela-Longfellow.

Guillermo se lanzó hacia la jaula y abrió la puerta de golpe.

—¡Oh, oh, ahí dentro hay *caca*! —gritó.

—¿Dónde? ¿Dónde? —preguntó Brenda.

Guillermo señaló hacia la esquina donde yo hacía mis necesidades, lo cual me pareció de muy mal gusto.

—Me toca a mí —dijo Brenda, sujetándome.

Me apretó tanto, que solté un chillido.

—¡Suéltalo! —dijo el señor Morales—. ¡Ponlo de vuelta en su jaula ahora mismo!

Abrió la mano y me dejó caer en el suelo de la jaula. Por suerte, caí sobre lo que era mi cama y no mi caca.

Aunque estaba un poco mareado, escuché cómo el señor Morales mandó a Guillermo y a Brenda que se fueran a sus cuartos.

—No permitiré de ninguna manera que maltraten a un animal —dijo el señor Morales—. Cada uno a su cuarto, cierren la puerta y nada de jugar hasta que yo lo diga.

De pronto, el señor Morales no parecía ser tan importante. Se dejó caer en un sillón junto a mi jaula y se aflojó la corbata.

—Ahora conoces mi secreto, Humphrey. En la escuela todo el mucho me escucha. En casa, nadie.

Parecía CANSADO, MUY CANSADO.

Por encima de nuestras cabezas se oían fuertes ruidos. Parecía como si el techo estuviese a punto de caerse.

—Están dando saltos en sus camas, Humphrey. Y tampoco deberían estar haciendo eso —dijo él.

Se levantó despacio y se acercó a la escalera que había en el pasillo:

—¡Guillermo! ¡Brenda! ¡Paren de saltar ahora mismo! —les gritó.

Sorprendentemente, el ruido paró inmediatamente.

—¡Le han hecho caso! —dije cuando el director se volvió a sentar. Pero el ruido comenzó casi un minuto después.

—Ojalá supiera qué hacer —dijo—. Alguna manera de enseñarles una lección.

Asentí con la cabeza. Una lección es justamente lo que esos niños necesitaban.

Y yo era el hámster que les podía enseñar.

CONSEJO CUATRO: Nunca aprietes, pellizques o apachurres a un hámster. Si sale corriendo, chilla o se queja, déjalo tranquilo.

Guía para el cuidado y alimentación de los hámsteres, Dr. Harvey H. Hammer.

Un buen plan

Cuando el señor Morales fue a la cocina a buscar un vaso de agua, abrí con cuidado la-cerradura-que-no-cierra y salí de la jaula. Salté al sillón y luego salí corriendo por el suelo hasta esconderme en una esquina, detrás de las cortinas.

El señor Morales regresó y se sentó de nuevo. Los niños continuaban haciendo ruido, pero ahora también gritaban.

—Humphrey, a lo mejor tú también quieres agua —dijo, inclinándose hacia la jaula.

El señor Morales se quedó sin aire cuando vio que la jaula estaba vacía:

—Humphrey, ¿dónde te has metido? ¡Debí imaginarme que te escaparías! No te culpo, yo también me escaparía de esos niños si pudiera. Pero, hazlo por mí, Humphrey. ¡Por favor, *sal de donde estés!*

Lleno de pánico, empezó a dar vueltas por toda la sala:

—Los niños del Aula 26 me odiarán si te pierdo.

Sentí lástima por el señor Morales, así que comencé a arañar el piso con una pata.

—¡Conque estás ahí!— dijo, inclinándose para verme mejor—. Déjame que te ponga en tu jaula.

Todavía no, pensé. Se agachó para alzarme, pero hice un movimiento rápido y me escurrí de entre sus manos.

—No me hagas esto, Humphrey —me dijo—. Por favor, coopera.

Pero yo no le hacía nada *a* él. Lo estaba haciendo *por* él.

"Coopera conmigo", dijo para sí mismo. "Quizá... ¡cómo no se me había ocurrido antes!" Bajó la vista y me miró fijamente. "Me tienes que ayudar, Humphrey".

El señor Morales entró en acción.

Salió corriendo hacia arriba y los ruidos cesaron en seguida. Cuando bajó, Guillermo y Brenda estaban con él.

—Cierra todas las puertas, Guillermo —le dijo.

—Pero, papá —protestó Guillermo.

—Ciérralas todas —repitió su padre con firmeza—. ¡Ahora!

Guillermo cerró todas las puertas.

—Ustedes dos asustaron a Humphrey con tantos ruidos y gritos. ¡Es posible que nunca lo volvamos a ver! —les dijo.

Brenda se echó a llorar:

—¡Humphrey está muerto! —dijo sollozando.

—No, Humphrey es demasiado listo —le dijo el señor Morales—. Pero se escapará si ustedes no se portan bien con él.

BRAVO-BRAVO-BRAVO. Uno tiene que ser muy

inteligente para llegar a ser director de una escuela.

—Bueno, ¿quieren ayudarme para que Humphrey regrese?

—¡SÍ! —gritaron los niños.

El señor Morales les explicó el plan. Les dijo que la única manera de que yo regresaría a mi jaula era si los tres trabajaban juntos. Y solamente podían trabajar juntos si lo escuchaban. Pero lo tenían que escuchar de verdad.

Ahora prestaban atención y escuchaban atentamente. Les dijo que lo más importante era estar completamente callados.

Y estaban callados.

—Estoy seguro de que está en la sala. Nuestro trabajo es conseguir que él entre de nuevo en su jaula —susurró el señor Morales.

Colocó la jaula en medio de la sala. Fue a la cocina y trajo un puñado de semillas de girasol. Guillermo y Brenda lo ayudaron a trazar un trayecto con las semillas por el suelo hasta llegar a la jaula.

—Estupendo —dijo el señor Morales—. Ahora tenemos que estar muy callados y esperar a que Humphrey salga a recoger las semillas. Pero si dicen algo o se mueven, es posible que se asuste y no salga.

—Estaremos callados, papá —dijo Guillermo. Brenda también asintió.

Los tres se sentaron en el sofá.

—¿Crees que funcionará? —preguntó Guillermo.

—Desde luego —dijo Brenda—. Papá es muy inteligente.

Cierto, pero él no es el único.

Esperé un rato. Después de todo, los hijos del señor Morales necesitaban toda la práctica posible en el arte de mantenerse callados. Cuando Guillermo comenzó a inquietarse, empecé a avanzar despacio por el suelo.

—¡Lo oigo! —dijo Brenda.

—¡Shhh…! —dijo Guillermo.

Esperé unos segundos más, salí corriendo de la esquina y me hice con la primera semilla. Podía oír a los niños jadeando, pero hice como si no lo escuchara.

Corrí hasta la segunda semilla. Este Plan que el señor Morales y yo ideamos estaba resultando DELICIOSO.

Podía sentir los tres pares de ojos fijos en mí, pero hice como si no lo notara. Agarré la tercera y la cuarta semilla y las guardé en la bolsa de la mejilla. Entonces me detuve justo delante de la puerta de mi jaula.

El señor Morales había colocado dentro una atractiva pila de semillas.

Ser libre era una grata experiencia, pero mi jaula era mi hogar después de todo.

Además, hasta el día que alguien se diera cuenta y arreglara la-cerradura-que-no-cierra, yo siempre podría salir cuando quisiera.

Los niños seguían callados, así que emprendí una carrera y me metí dentro de la jaula. El señor Morales cerró la puerta rápidamente y los niños comenzaron a gritar encantados.

—¡Lo logramos! —exclamó Brenda.

—¡Papá es el hombre más inteligente del mundo! —continuó Guillermo.

—Bueno, ustedes también ayudaron. Si cooperamos y trabajamos juntos, hacemos un buen equipo —les dijo el señor Morales.

—¡*El mejor!* —afirmó Guillermo.

El señor Morales se agachó y me hizo un guiño:

—Por supuesto, Humphrey también ayudó.

Sin duda.

El resto del fin de semana con la familia Morales transcurrió felizmente. A veces, los niños se olvidaban e interrumpían a sus padres, pero el señor Morales les recordaba que podían comportarse con educación si lo intentaban.

Guillermo y Brenda lo intentaron.

La señora Morales vendió la casa (parece ser que su trabajo consistía en vender las casas de otras personas), y lo celebraron con pizza y helado.

Brenda aprendió a sostenerme con delicadeza.

Guillermo, incluso, limpió la caca de mi jaula, algo que le agradecí enormemente.

"La vida es bella", pensé, mientras el señor Morales conducía de regreso a la escuela el lunes por la mañana.

Pero entonces me vino a la mente la señora Brisbane y cómo había dicho que yo era un problema y que encontraría la manera de deshacerse de mí.

—Humphrey, eres un verdadero amigo —dijo el señor Morales, mientras llevaba mi jaula al Aula 26—. Nunca olvidaré lo que hiciste por mí.

Tan pronto comenzó la clase el lunes, la mamá de Ana entró al aula y les explicó a todos los alumnos cuál era el plan para cuidarme los fines de semana.

—¿Cuántos de ustedes están interesados en llevarse a Humphrey? —preguntó la señora Montana.

Todas las manos se levantaron a la vez.

Todas las manos, menos una: la de la señora Brisbane.

Pero aun así, considero que fue una buena semana.

Recibí 90 en el examen de ortografía. Pero estoy seguro de que Selma obtuvo 100. Aunque no levantó la mano como había prometido.

Y Aldo hablaba más y más cada noche. El martes se acercó a la jaula y me preguntó:

—Humphrey, ¿te gustaría tener una novia?

Como la mayoría de los hámsteres, soy más bien solitario, así que nunca había pensado en eso antes.

—No sé —contesté.

—A mí sí me gustaría tener novia —dijo Aldo—. Una novia simpática y agradable.

Sentí pena por Aldo y chillé un poco más alto que de costumbre cuando hizo su actuación con la escoba.

Era miércoles y yo seguía pensando en lo que había dicho Aldo. Entonces, cuando todos se fueron a casa y todavía entraba claridad por la persiana, me aventuré a salir de la jaula para ver si podía encontrar algún resto de comida sobre la mesa que se le hubiese caído a Ana cuando me dio de comer por la mañana.

La mesa estaba cubierta con papel de periódico, así que mientras comía, fui leyendo las noticias. En las páginas del periódico se resumía la vida: nacimientos y fallecimientos; mascotas perdidas (TRISTE-TRISTE-TRISTE); chistes; buenas y malas noticias.

Y entonces estaban los clasificados. ¡Madre mía, cuántas tiendas había! No solo Mascotalandia, sino Zapatolandia, Juguetelandia, Librolandia y muchas más.

Y había más anuncios. Uno de ellos, en particular, me llamó la atención. Ponía:

¿TRABAJA DE NOCHE? ¿NECESITA COMPAÑÍA?
¿LE GUSTARÍA CONOCER A OTRAS PERSONAS QUE TAMBIÉN TRABAJAN DE NOCHE?

CLUB LUNA DE PAPEL

PARA PERSONAS QUE TRABAJAN DE NOCHE.
REUNIONES DURANTE EL DÍA, DE LUNES A VIERNES.
EXCURSIONES, ALMUERZOS EN RESTAURANTES,
VISITAS A PARQUES, MUSEOS,
FUNCIONES DE TEATRO, CINE Y MUCHO MÁS

Al final daban un nombre y un número de teléfono.

No lo podía creer. Era exactamente lo que Aldo necesitaba. Me lo podía imaginar feliz y contento yendo a parques, a restaurantes y cines con el Club Luna de Papel y acompañado de su novia.

¿Pero cómo podría conseguir que Aldo leyera esto? Posiblemente, cuando lo viera, tiraría el periódico a la basura. Pero si yo lo recortaba y lo dejaba en un lugar donde él pudiera verlo, quizá…

Las tijeras no se hicieron para los hámsteres, pero la

naturaleza nos dotó de unos buenos dientes.

Me llevó un tiempo recortar con cuidado el anuncio. Entonces, lo coloqué derecho contra los barrotes de la jaula. Aldo lo veía en el momento en que se acercara a mi jaula para saludarme, como tenía costumbre.

Aquella noche, estaba más ansioso que nunca porque llegara Aldo. En cuanto encendió la luz, chillé:

—Hola.

—Hola, pequeño amigo —dijo Aldo entrando con su carrito en el Aula—. Parece como si tuvieras algo en la mente.

—¡Acércate! —traté de decirle.

Se inclinó para mirar dentro de la jaula.

—¿Pasa algo, Humphrey? —preguntó.

Comprobé, horrorizado, que apenas se había fijado en el papel pegado a la jaula.

—No puedo verte bien —dijo quitando el papel y poniéndolo a un lado.

—¡Tienes que leerlo! —chillé.

Pero, como siempre, no entendió. Ni siquiera vio lo que decía el anuncio. Lo puso a un lado y se inclinó aún más para verme.

—¡Míralo ahora! —chillé a pleno pulmón.

—Tranquilízate, Humphrey —dijo Aldo—. Mira, tengo algo para ti. —Metió la mano en el bolsillo y sacó un trocito de zanahoria—: Tu amigo Aldo nunca se olvida de ti.

El corazón se me oprimió. Tratas de ayudar a un humano y ni siquiera te prestan atención. Pero como ya saben, yo no me doy por vencido fácilmente.

Cuando Aldo balanceó la escoba en el dedo, chillé de emoción, aunque en realidad tenía la mente en el Club Luna de Papel y en cómo lograr que Aldo fuera allí.

Una vez que Aldo se fue, salí de la jaula, recogí el recorte de periódico, lo doblé y lo guardé dentro de mi cuaderno. Entonces, escondí el cuaderno detrás del espejo. Si no lo hubiera hecho así, alguien malo, como la señora Brisbane, podría haberlo tirado a la basura.

Al día siguiente, todavía seguía pensando en lo mismo; entonces entró la señora Brisbane empujando un carrito que soportaba un gran aparato.

—Esto es un retroproyector —explicó a la clase—. Lo voy a utilizar para un trabajo con mapas.

Cuando la señora Brisbane puso en marcha el aparato, una luz brillante se proyectó en la pared. Después, sacó un mapa y lo colocó en el cristal. De repente, el mapa se reflejó en grande en la pared. Cualquier cosa que ella dibujara o escribiera sobre el mapa, se podía ver allí claramente .

"Un aparato como este puede resultar muy útil", pensé.

Cuando la señora Brisbane desconectó el proyector y los niños salieron a almorzar, me quedé pensando en ese aparato.

Regresaron del almuerzo y James me cambió el agua y me arregló el lugar donde duermo, pero yo seguía con lo mismo en la cabeza.

Lo pensé tanto que de repente se me ocurrió un

BUEN PLAN. Pero resultaría difícil, e incluso peligroso, llevarlo a cabo.

CONSEJO CINCO: Si un hámster se escapa de su jaula, es posible atraerlo dejando un camino de semillas de girasol.

Guía para el cuidado y alimentación de los hámsteres, Dr. Harvey H. Hammer.

Locura de luna llena

∿∿∿∿∿∿∿∿∿∿∿∿∿∿∿∿∿∿∿∿∿∿∿∿∿∿∿∿∿∿

Esperé hasta que la escuela estuvo en un silencio absoluto: ningún estudiante, ningún maestro, ningún señor Morales.

Me puse a trabajar; tenía mucho que hacer. Era un trabajo muy grande para un hámster tan pequeño.

Primero, saqué el anuncio del Club Luna de Papel de mi cuaderno. Con el anuncio en la boca, abrí la-cerradura-que-no-cierra y me deslicé hasta la mesa.

Bajar hasta el piso seguía siendo todo un reto. Me agarré a la pata de la mesa y me deslicé hasta abajo, como lo había hecho anteriormente. Tenía mariposas en el estómago, pero, al final, valdría la pena si lograba conseguirle una novia a Aldo.

Corrí hacia el aparato que estaba muy, muy alto. Parecía imposible que yo pudiera trepar hasta allí arriba, pero ya había ideado cómo hacerlo: subirme a la papelera (¡oh, oh!, no me imaginaba que se moviera de aquella manera), saltar hasta la silla de la señora Brisbane (¡vaya salto!), trepar por los travesaños hasta alcanzar el canalón de la pizarra y, desde allí llegar a la estantería de libros. Y la parte más difícil: saltar desde la estantería hasta el carrito del retroproyector. Si algún día lo intentas, ¡no se te ocurra mirar hacia abajo!

Ya casi lo tenía todo bajo control, pero todavía tenía que dar con la forma de encender la luz del retroproyector. Con el recorte de periódico aún en la boca, me agarré de una manija que salía de un costado y me impulsé hacia arriba. Entonces, me estiré lo más que pude y aterricé en el cristal. Por suerte, tengo buenos músculos.

¡Había llegado! Era como haber escalado la cumbre McKinley, ¡la montaña más alta de Estados Unidos! Y si no me creen, pregúntenle a la señora Brisbane.

Rápidamente encendí el aparato. Hubiese querido tener gafas de sol porque, de pronto, me vi rodeado de una luz cegadora. Era como estar dentro de una bombilla.

Me saqué el recorte de periódico de la boca y lo coloqué con cuidado sobre el cristal. Entonces me fijé en la pared. ¡Oh, NO-NO-NO! En la pantalla se veía la fotografía de un auto, y por la parte de atrás apenas se podían distinguir unas letras, todas al revés. Inmediatamente le di la vuelta al papel y allí, en la pared, estaba toda la información sobre el Club Luna de Papel, con la silueta del auto por detrás.

Aldo estaba a punto de llegar, así que me apresuré a entrar en mi jaula. Era más fácil el viaje de regreso porque todo era en bajada, hasta casi al final, cuando tuve que agarrarme del cordón de las persianas para poder alcanzar la mesa y entrar en mi jaula.

Jadeaba con dificultad cuando, por fin, pude cerrar la

puerta de mi jaula. Apenas tuve tiempo de recuperar el aliento, pues, en seguida, Aldo entró en el aula.

—¡Caramba! ¿Quién dejó eso encendido? —exclamó—. Se puede recalentar.

Se acercó al retroproyector.

—¡Mira la pared! ¡Mira la pared! —chillé, pero mi voz sonó como un pequeño silbido.

Aldo no perdió ni un segundo. En seguida apagó el aparato. ¡Tanto trabajo para nada!

Sin embargo, algo interesante ocurrió. Aldo volvió a encender el aparato y si fijó en la pared:

—¿Qué es esto? —balbuceó—. ¿Para qué tenía la señora Brisbane esto en el proyector? ¡Vaya auto!

Miró de reojo a la pantalla y continuó:

—Mira, Humphrey. El Club Luna de Papel. Para las personas que trabajan de noche, como yo.

"Y, como yo", dije para mí. Después de todo ese esfuerzo, había quedado completamente agotado.

Aldo se quedó observando el anuncio proyectado en la pared por un rato. Después, apagó el aparato y no lo volvió a mencionar.

Sí, estaba disgustado. Había fallado, pero por lo menos lo había intentado, que es más de lo que yo puedo decir de una de mis compañeras de clase. Sí, Selma Nasiri. Con mis propias orejas peludas, la había escuchado prometerle a la señora Brisbane que levantaría la mano en clase. Pero hasta ese momento había permanecido tan silenciosa como una estatua. La semana de plazo iba a terminar. Yo la regañé el día que me dio de comer, pero al igual que a su maestra, no me escuchó.

—Deberías escuchar a tu maestra, la señora Brisbane. Y también deberías escuchar a tu hámster.

Estaba preocupado por Aldo y también por Selma, aunque debo admitir que el esfuerzo había sido tan grande que, nocturno o no, me quedé profundamente dormido aquella noche.

El día siguiente comenzó con una gran sorpresa.

—Tengo algo que mostrarles —dijo la señora Brisbane. Alzó, para que todos la viéramos, una tarjeta postal con unos loros de muchos colores posados en unos frondosos árboles verdes—: una postal de la señorita McNamara. (La señora Brisbane nunca se refería a ella como la señorita Mac.) Dice:

"*¡Saludos a mi clase favorita, el Aula 26!*"

"*Trabajo en una escuela en Brasil. Es un país maravilloso y su gente muy agradable. También me gusta trabajar con los loros en el bosque tropical.*

Los extraño mucho, especialmente a mi amigo Humphrey. Muchos cariños, Señorita Mac".

(La señora Brisbane tuvo que decir Señorita Mac, porque así estaba escrito en la tarjeta postal.)

¡FELIZ-FELIZ-FELIZ! No solo la señorita Mac se acordaba de mí, sino que me extrañaba más que a nadie. Y yo también la extrañaba a ella. Especialmente cada vez que miraba a la señora Brisbane y ella clavaba su vista en mí.

La señora Brisbane nos mostró Brasil en el mapa,

estaba muy lejos. A mí me gustaría estar bien lejos de la señora Brisbane.

Como tenía la cabeza llena de recuerdos de la señorita Mac, solamente obtuve 75 puntos en el examen de vocabulario.

Cuando todos los exámenes estuvieron calificados, la señora Brisbane dijo:

—Si alguien recibió una puntuación de 100, por favor, levante la mano.

De repente, caí en la cuenta. Qué manera tan inteligente de hacer que Selma levantara la mano. Porque ella siempre obtenía 100.

James levantó la mano. Arturo levantó la mano.

Selma simplemente bajó la cabeza y se quedó mirando su pupitre.

Yo empezaba a enojarme con ella.

Cuando llegó la hora de hacer trabajos con los mapas, la señora Brisbane encendió el proyector y allí estaba: el anuncio del Club Luna de Papel en la pared. La señora Brisbane arrugó la nariz, cogió el papel y lo miró por ambos lados. Entonces, puso el papel contra la luz y fue cuando, pienso yo, que vio los diminutos agujeros que mis dientes habían dejado llevando el papel en la boca hasta el aparato.

La señora Brisbane miró en dirección a mi jaula y una vez más arrugó la nariz. Entonces, estrujó el papel y lo arrojó a la papelera.

Será inteligente, pero también es *mala*.

Aunque ella no es la única. Mientras enseñaba la lección de los mapas, Espera-por-la-Campana Gregory Turell comenzó a hacer unos *ruidos groseros*.

La señora Brisbane ni siquiera se volvió. Cuando alguien comenzó a reírse, simplemente dijo:

—No-te-Rías-Rita.

Los ruidos se hicieron cada vez más fuertes y muchos otros chicos se echaron a reír junto con Rita.

De repente, la señora Brisbane se dio la vuelta y los miró a todos de frente.

—Muy bien. La clase entera se quedará durante el recreo para aprender nuevas palabras de vocabulario —anunció ella.

Todo el mundo protestó.

—La culpa es de Gregory —dijo Ana.

—Levanta la mano —le dijo un poco molesta la señora Brisbane—. Todos se quedarán durante el recreo. *A menos* que la persona que hizo esos ruidos se levante y lo admita.

Nadie dijo nada, pero todos miraron a Gregory, y yo también.

—Vale. Yo lo hice —admitió él.

—Levanta-la-mano —dijo Ana en voz alta.

—Muy bien, Gregory, Ana y Rita se quedarán en clase durante el recreo —dijo la maestra con firmeza.

Ana y Rita protestaron hasta que sonó la campana, pero los tres se tuvieron que quedar.

Sin embargo, en lugar de ponerlos a hacer el trabajo de vocabulario, la maestra dejó que descansaran las cabezas sobre sus pupitres, *después* de que ella les diera una lección sobre comportamiento.

Todo este alboroto me había abierto el apetito y, por alguna razón, todavía no me habían dado de comer. Así que yo también decidí protestar.

La señora Brisbane se volvió hacia mi jaula y, señalándome con el dedo, dijo:

—Mejor que te portes bien. Ya he tenido bastantes problemas por hoy.

Ana levantó la mano:

—Creo que hoy aún no ha comido.

La señora Brisbane le dijo a Gregory que me diera de comer, y dejó ir a jugar a las dos niñas el resto del recreo.

Después de todo, no fue tan mala con ellas.

Incluso tuvo la confianza de dejar a Gregory solo en el aula mientras ella llevaba unos papeles a la oficina.

A mí siempre me había caído bien Espera-por-la-Campana-Gregory, por eso me sorprendió cuando me gruñó mientras me cambiaba el agua y me daba de comer.

—Un día de estos, tú también te buscarás problemas —dijo—. Yo me encargaré de ello.

—¡Huy! —chillé.

—Todo el mundo me odia. Todo el mundo te quiere. Eres tan solo una rata disfrazada –dijo Gregory.

Sus palabras me dolieron. ¿Por qué Gregory diría una cosa así? Quiero decir que es cierto que casi todo el mundo me quiere, pero yo no hago ruidos groseros ni les busco problemas a los demás.

Todavía estaba pensando en el comportamiento de Gregory cuando mis compañeros regresaron al Aula 26. La señora Brisbane debió de descansar un poco durante

52

el recreo, porque los recibió con una sonrisa:

—Tengo una sorpresa para ustedes —señaló.

Las sorpresas siempre llaman la atención de la clase. Todos piensan que las sorpresas son siempre buenas. Sin embargo, yo sé que algunas sorpresas no son buenas, como el día que la señorita Mac me dejó para siempre.

—Vamos a seleccionar a la persona que se llevará a Humphrey este fin de semana —explicó ella—. Cada cual sabe si tiene permiso de sus padres para hacerlo, así es que si alguien quiere llevarse a Humphrey este fin de semana que levante la mano ahora.

VAYA-VAYA-VAYA. Tenías que haber visto cuántas manos se levantaron a la vez. Yo casi no podía creerlo. Miranda, Ana, James y... todas las manos de la clase, excepto la de Gregory. Incluso, Selma Nasiri había levantado la mano.

La señora Brisbane lo notó en seguida.

—Selma, ¿crees que tus padres estarán de acuerdo? —preguntó ella.

Selma asintió con la cabeza.

—No te oigo —dijo la señora Brisbane.

—Sí, señora —dijo Selma.

Era raro escuchar su voz en medio de la clase.

La señora Brisbane le dio una nota para que sus padres la firmaran y la trajera el viernes.

Dormí la siesta el resto de la tarde, pero cada vez que me despertaba y miraba en dirección a Selma, la veía hacer algo que nunca había hecho antes:

Sonreír.

53

CONSEJO SEIS: Puedes dejar a tu hámster solo uno o dos días. De lo contrario, busca una persona responsable que lo pueda cuidar o, de ser posible, llévalo contigo. Es fácil transportar a un hámster en su jaula.

Guía para el cuidado y alimentación de los hámsteres, Dr. Harvey H. Hammer.

Selma habla claro y firme

El viernes por la tarde, el papá de Selma, el señor Nasiri, nos recogió en la escuela. Tenía una sonrisa agradable y unos ojos afables, pero era tímido como su hija.

Selma vivía en un edificio alto, así que el señor Nasiri subió mi jaula uno, dos, tres pisos hasta llegar a su apartamento, que era acogedor y tranquilo.

La señora Nasari nos recibió en la puerta. Habló con su esposo y su hija, pero no pude entender nada de lo que decían.

—¡*Humpy*! ¡*Humpy*! —se escuchó una vocecita.

Darek, el hermanito de Selma, dio unos pasitos hasta la puerta para recibirme.

—Di Humphrey — le corrigió Selma cariñosamente.

—*Humpy* —repitió él.

Los Nasiri colocaron mi jaula en el centro de una mesa grande en la sala. Entonces acercaron unas sillas para poder sentarse y observarme mejor.

Como parecía que estaban esperando ver algo, decidí hacerles un *show*. Primero, di vueltas en la rueda. Luego, trepé hasta lo alto de la jaula y me tiré desde arriba, cayendo sobre una pila suave de papel.

Estaban impresionados con mi actuación porque apenas hablaban. Pero lo más gracioso es que yo no entendía ni una palabra de lo poco que decían. Ahora comprendía por qué Selma obtenía 100 en las pruebas de vocabulario. Ella y su familia conocían muchas más palabras que yo.

Finalmente, fueron a la cocina para cenar. Luego, mientras el resto de la familia veía la televisión, la señora Nasiri se sentó junto a mi jaula para observarme. Parecía una señora muy agradable.

Cuando se hizo tarde, la familia Nasiri se retiró a dormir. Después de que las luces se apagaran, Selma salió de su dormitorio, se acercó a mi jaula y me susurró algo. Esta vez sí la entendí.

—Ahora conoces mi secreto, Humphrey —dijo—. Mi familia no habla inglés. Bueno, mi papá sabe un poquito, pero le da vergüenza hablar. Mamá no ha aprendido nada, y Darek es muy pequeñito todavía.

—Entiendo —chillé.

—Por eso no me gusta hablar en clase —dijo—. Yo no hablo igual que los otros niños. Me da vergüenza que se rían de mi acento; ya me ocurrió una vez cuando era más pequeña.

—Pero si hablas bien —traté de asegurarle y darle confianza—. Yo te entiendo perfectamente.

Lamentablemente ella a mí, no. Todo lo que escuchó fueron mis pequeños chillidos. Quizá yo también tenga acento...

—Humphrey, tengo una idea. Quizás tú puedas ayudar a que mi mamá aprenda inglés —dijo Selma.

—Yo encantado si crees que puedo hacerlo —contesté.

—Eres un buen amigo —dijo Selma.

Esta vez sí que me entendió.

Al día siguiente, no me desperté hasta bien entrada la tarde, entonces escuché a Selma que se acercaba a mi jaula con su mamá.

—Mamá, Humphrey solo entiende inglés —dijo Selma—. Anda, di algo en inglés. Di "Humphrey".

La mamá de Selma estaba un poco nerviosa, pero lo intentó.

—*Hum-free* —dijo.

—*Humpy* —gritó Darek, corriendo hasta sentarse en el regazo de su mamá.

—Di *hello*, Humphrey —le dijo Selma a su mamá.

—*Hel-lo, Hump-free* —dijo la señora Nasiri.

Chillé "*hello*" y ella se echó a reír.

—*Hello* —dijo ella esta vez.

—¡Muy bien! —asentí.

Desde ese momento todo fue viento en popa. En apenas unas cuantas horas, la señora Nasiri sabía decir en inglés: ¿Cómo estás? Encantada de conocerte. ¿Quieres un poco de agua?

Yo sí, por favor.

Incluso cuando Selma y Darek fueron con su papá a la tienda, la señora Nasiri continuó hablando.

Yo le hacía saber que entendía lo que ella decía con un ligero movimiento de mi bigote o balanceándome con una sola pata desde lo alto de la jaula.

"*Good, Humphrey!*" –dijo ella.

Cuando regresaron de la tienda, Selma y su papá se quedaron asombrados de cuánto había aprendido la señora Nasiri. La familia se pasó el resto de la noche practicando inglés.

Primero, Selma hizo como si ella fuese una invitada que llegaba a la casa. Salió al pasillo y llamó a la puerta.

Su mamá abrió la puerta y dijo:

"Hello, Selma. Won't you come in?" (Hola, Selma, ¿quieres pasar?)

Entonces Darek salió al pasillo y llamó a la puerta. La señora Nasiri abrió la puerta y dijo:

"Hello, Darek. Won't you come in?" (Hola, Darek, ¿quieres pasar?)

Entró corriendo, dando tumbos, hasta llegar a la mesa, y comenzó a gritar:

—¡*Humpy*! ¡*Humpy*!

A continuación, Selma convenció a su papá para que hablara inglés con su mamá.

"What time it is?" (¿Qué es hora?) —preguntó la señora Nasiri.

"What time is it?" (¿Qué hora es?) —la corrigió Selma.

La segunda vez lo dijo correctamente. Entonces, el papá miró su reloj y dijo:

"It's seven fifteen" (Son las siete y cuarto).

"Would you like some tea?" (¿Quieres un té?) —continuó preguntando ella.

"Yes, please. I would like some tea." (Sí, por favor, me gustaría un té) —contestó el señor Nasiri.

Y entonces prepararon una merienda con té justo en mi mesa.

Como premio por todo su esfuerzo y trabajo, corrí en la rueda a todo lo que daban mis patas, y todos me aplaudieron.

Esa noche, cuando la familia se fue a dormir y la casa se quedó a oscuras, Selma salió de su dormitorio para hablar conmigo otra vez.

—Gracias, Humphrey —susurró—. Mi mamá dice que va a ir a la escuela para aprender inglés, aunque a mí me gustaría que tú fueses su maestro.

—Y a mí también —chille. Lo dije en serio.

El domingo repasamos otras palabras en inglés y Selma le enseñó a Darek cómo limpiar mi jaula.

De repente, el niño comenzó a reírse.

"Humphrey, poop!" (¡Humphrey, caca!)

Él también aprendía inglés rápidamente.

El domingo por la noche, Selma reunió a toda su familia otra vez:

—Quiero enseñarles una canción que cantamos en la escuela.

Y, de repente, abrió la boca y comenzó a cantar el himno de Estados Unidos.

Me puse de pie, como lo hacemos en el aula, cuando cantamos el Himno Nacional, pero nunca lo había escuchado cantar de esa manera. Selma tenía la voz más bonita del mundo. Era como una brisa suave y melodiosa.

¡Si solamente nuestros compañeros del Aula 26 pudieran escucharla!

Entonces se me ocurrió una nueva idea, pero no tuve mucho tiempo de pensar en ello, pues pronto toda la familia comenzó a cantar el himno, y yo me uní al coro de voces.

El lunes, cuando regresamos a la escuela, me quedé un poco decepcionado. La señora Brisbane le preguntó a Selma qué tal había transcurrido el fin de semana y ella se limitó a contestar:

—Bien.

Y nada más.

Como había dicho la señorita Mac: "Uno puede aprender mucho de sí mismo si trata de entender a otras especies". Pero, caramba, a veces costaba un gran esfuerzo.

Ese lunes, me senté en mi jaula, preocupado por Selma, hasta que me quedé dormido. Cuando me desperté, me di cuenta de que el Aula 26 había cambiado. El tablero de anuncios estaba cubierto con hojas de brillantes colores. La parte superior de la pizarra estaba adornada con una guirnalda de papel con brujas, fantasmas y esqueletos. Colgando de las lámparas había murciélagos hechos de papel crepé negro. Entonces, miré a mi derecha y me quedé sin aliento. Una horrible e inmensa cara anaranjada, con una sonrisa siniestra, me miraba fijamente. Mi corazón comenzó a latir a lo loco.

—¿Qué pasa Humphrey? ¿No te gustan las calabazas de Halloween? —me susurró James desde su pupitre.

—¡Mira! Humphrey tiene miedo de una simple cabeza de calabaza iluminada —dijo Gregory—. ¡Vaya hámster miedoso!

Me incorporé y traté de no aparentar que tenía miedo.

60

—Basta ya, James y Gregory —dijo la señora Brisbane, e inmediatamente volvió a concentrarse en el problema de matemática que escribía en la pizarra.

De repente, noté un pequeño movimiento en medio de la clase. Un murmullo. Un cambio. Me fijé: Selma tenía la mano levantada. Todo el mundo se había dado cuenta, excepto la señora Brisbane que nos daba la espalda.

—Señora Brisbane —llamó Ana.

Sin volverse, la señora Brisbane dijo:

—Levanta-la-Mano-Ana.

Ahora Ana tenía la mano levantada al igual que Selma.

—Bueno, ¿y ahora qué pasa?

La señora Brisbane se dio la vuelta para mirar la clase y se quedó sorprendida.

—Dime, Selma —dijo ella.

Con voz clara y firme Selma preguntó:

—¿Puedo mover la calabaza lejos de la jaula de Humphrey?

La señora Brisbane miró a Selma, luego a la jaula, y nuevamente a Selma.

—Sí, en realidad está muy cerca de su jaula. Gracias, Selma.

Selma se levantó y vino presurosa a la mesa para alejar de mi jaula esa calabaza tan horrible. Ella no dijo nada, pero me hizo un guiño y yo entendí lo que me quiso decir.

—Ana, ¿querías decir algo? —preguntó la señora Brisbane.

—No, ya no —dijo ella.

Todo volvió a la normalidad hasta que sonó la campana anunciando el recreo. Mientras que mis compañeros salieron corriendo al patio, Gregory se paró frente a mí.

—¡Miedoso! —gruñó. Y entonces movió la calabaza hasta pegarla a la jaula.

Inflé las mejillas tanto como pude. Tenía claro que iba a ser un día muy largo.

CONSEJO SIETE: Si los hámsteres se sienten amenazados, con frecuencia inflan las mejillas.

Guía para el cuidado y alimentación de los hámsteres, Dr. Harvey H. Hammer.

Truco o trato

Halloween. ¡Oh, Halloween! ¡Oh, Halloween!
No estaba seguro de qué era eso, pero sí tenía muy
claro que no me gustaba nada.

Especialmente el lunes por la noche, cuando la señora
Brisbane apagó las luces. En ese momento, todos los
esqueletos pegados a la pared adquirieron un resplandor
espeluznante.

Los murciélagos que colgaban del techo empezaron
a moverse.

Y la sonrisa en la cara de esa calabaza fantasmal parecía más una mueca siniestra.

SINIESTRA-SINIESTRA-SINIESTRA.

Así que me alegré mucho cuando Aldo encendió la
luz.

—¡Caramba! Parece que ha llegado Halloween —
dijo, empujando su carrito. Se acercó a mi jaula, como de
costumbre, se agachó y quedamos frente a frente.

—¿De qué te vas a disfrazar en Halloween? Hoy es
miércoles. El día de Halloween es cuando los fantasmas
y los duendes salen a divertirse —me explicó.

—¡Huy! —chillé.

—No, no, no tienes que tener miedo. Es muy divertido. Todos los niños se disfrazan. Ricky se va a disfrazar de lobo. Y tú, ¿qué te vas a poner? ¿Un abrigo de piel? Se echó a reír de su chiste, y comenzó la rutina de la limpieza, hablando conmigo mientras barría y sacudía.

Me puse a pensar en lo del disfraz. Una vez, cuando yo estaba en su casa, la señorita Mac dio una fiesta de disfraces. Sus amigos se disfrazaron de reyes, piratas y fantasmas, y la señorita Mac de payaso, con una peluca rosada y la cara toda pintada.

Pero nadie se puso un abrigo de piel.

Estuve pensando en lo del disfraz toda la noche y al día siguiente.

Cuando Gregory lanzó una bola de papel dentro de mi jaula, me sorprendió pensando todavía en lo mismo.

Cuando James tropezó camino a la pizarra y Rita no se rió, yo seguía pensando en el disfraz.

Incluso cuando la señora Brisbane llamó a Selma y esta respondió, yo tenía mi mente en el disfraz.

Y, entonces, se me ocurrió un plan.

Llegó el miércoles y era Halloween. Pero no se veía ni un solo disfraz. Estaba completamente decepcionado, hasta que escuché la voz de Ana:

—Señora Brisbane, ¿cuándo vamos a celebrar la fiesta de Halloween?

—Levanta-la-Mano-Ana —le dijo la maestra.

Ana, obedientemente, levantó la mano y la maestra la llamó por su nombre. Esta vez, cuando Ana hizo la pregunta, la señora Brisbane dijo:

—Por la manana tendremos clase y luego, despúos del almuerzo, se pueden poner los disfraces y tendremos la fiesta.

Estaba FELIZ-FELIZ-FELIZ y dormí una buena siesta el resto de la mañana.

Después del almuerzo, estaba completamente despierto. Mis compañeros regresaron de la cafetería y corrieron hacia los guardarropas y los baños. Cuando regresaron, apenas si los reconocía en sus disfraces.

¡Estaban geniales! Un dragón, dos piratas, una princesa, un ninja. Dos payasos, una bailarina, un conejito, un gato (menos mal que no era de verdad), un pelotero, un científico, un esqueleto, la Estatua de la Libertad, un ángel y un diablo…

Dos mamás llegaron para ayudar en la fiesta. Las dos estaban vestidas de brujas. Pero la señora Brisbane era la que más miedo inspiraba.

No llevaba disfraz alguno, solo un botón prendido a la ropa que decía: Este ES mi disfraz.

Echaron las mesas hacia atrás y formaron un círculo en medio del aula. Entonces la señora Brisbane hizo un trato con los estudiantes: habría premios y regalos, pero para conseguirlos, cada uno tendría que hacer algo: contar un chiste, cantar una canción o hacer un truco al resto de la clase.

¡Oh, alguien me debió haber avisado! Yo ya tenía solucionado el tema del disfraz; ahora esto de *truco o trato* me pillaba de sorpresa.

Arturo (el ninja) se paró de cabeza. Se quedó en esa

postura tanto tiempo, que finalmente la señora Brisbane le dio las gracias y le dijo que ahora le tocaba el turno a otro.

Rita (la bailarina) dio vueltas por el salón de puntillas. Gregory (el pelotero) hizo un chiste acerca de una bruja. Miranda (la conejita) cantó una canción sobre unas orejas grandes y caídas. El espectáculo era muy entretenido, pero yo tenía mi mente en otra cosa.

Tan pronto escuché a la señora Brisbane llamar a Selma, presté atención. Selma estaba disfrazada de la Estatua de la Libertad. Llevaba un vestido largo que caía en pliegues, una corona en la cabeza y una antorcha de cartón en una mano. Se colocó en el centro del círculo con la vista fija en el suelo.

—¿Qué vas a hacer, Selma? —le preguntó la maestra.

Selma seguía con la vista puesta en el suelo.

—¡Canta, Selma, canta! ¡Tú puedes hacerlo!

Sé que solamente escuchaba mis chillidos, pero estoy seguro de que ella me entendió.

—Yo creo que Humphrey está ansioso por escucharte —dijo la señora Brisbane en un tono amistoso.

De repente, sin previo aviso, Selma entonó el himno de Estados Unidos, ya que su disfraz representaba la libertad.

En ese momento, todos se pararon en atención, como se hace cuando se toca el himno nacional de un país. Bueno, todos, menos Arturo, que estaba distraído y su mamá tuvo que acercársele y susurrarle algo al oído.

Yo también me paré, tan orgulloso como puede estarlo un hámster.

Cuando Selma terminó, nadie aplaudió, y se hizo un silencio absoluto. Parecía como si esa dulce melodía flotara en todo el salón.

—¡Maravilloso, Selma! Gracias por compartir tu bella voz con nosotros —exclamó la señora Brisbane.

Ojalá que algún día la señora Brisbane me hable a mí de esa manera: dulce, afectuosa y halagadora.

Bueno, las actuaciones continuaron y después de que James recitara algunas adivinanzas, la señora Brisbane echó un vistazo por toda el aula y preguntó:

—¿Falta alguien?

Ese era el momento que yo había estado esperando. Nadie se había dado cuenta, pero la noche anterior, había agarrado uno de los trapos blancos de limpieza de Aldo y lo había escondido en mi jaula. Tenía que actuar rápidamente. Saqué el trapo y me deslicé por debajo para que cubriera mi cuerpo completamente. Entonces me paré y comencé a chillar como nunca lo había hecho antes.

—¡Truco o trato! ¡Truco o trato!

Miranda fue la primera en darse cuenta:

—¡Miren! —gritó—. ¡Es Humphrey!

Hubiese deseado ver las caras de mis compañeros, pero todo estaba OSCURO-OSCURO-OSCURO, aunque los podía oír. Primero eran suspiros de asombro, luego risitas, y por fin gritos:

—¡Miren! ¡Miren! ¡Humphrey es un fantasma!

Yo continué chillando con todas mis fuerzas hasta que escuché los pasos firmes de la señora Brisbane que se acercaban a mi jaula.

—¿Quién hizo esto? ¿Quién cubrió a Humphrey con eso?

Por supuesto, nadie contestó. Ni siquiera yo.

—Puede asfixiarse —dijo ella.

—Pero está adorable —dijo Ana.

La señora Brisbane no contestó, simplemente dijo:

—Por favor, que alguien lo destape.

No-Corras-Miranda abrió la puerta de la jaula y me destapó.

—Humphrey, ¡qué ocurrencia! —dijo ella.

¿Ocurrencia? Yo diría que estuve sencillamente genial.

Después, las mamás sirvieron *cupcakes* cubiertos de merengue anaranjado y jugo de manzana. Luego, mis compañeros continuaron jugando y divirtiéndose.

Justo antes de que sonara la campana, la señora Brisbane dio unas palmadas e hizo un anuncio:

—La señora Montana, la señora Pimentel y yo nos hemos reunido y hemos decidido dar el Premio a la Mejor Actuación o Truco a ¡Selma Nasiri!

Todo el mundo aplaudió y gritó ¡hurra! mientras la señora Brisbane le hacía entrega a Selma de una cinta azul. Selma se volvió hacia mí y me regaló una bella sonrisa.

La señora Brisbane continuó:

—Y hemos decidido otorgarle el Premio al Mejor Disfraz a… Humphrey.

Se acercó a mi jaula y pegó una cinta azul contra los barrotes; mis compañeros no dejaban de gritar alabándome.

—Gracias —chillé, pero con tanto alboroto no creo que nadie me escuchara—: Muchas gracias a todos.

Sonó la campana y de repente el aula quedó vacía, excepto por la señora Brisbane. Mientras recogía los papeles para llevárselos a casa, llegó el señor Morales. Llevaba una capa y una toca como la que usan los graduados.

—Feliz Día de Halloween, Sue. ¿Qué tal estuvo la fiesta? —preguntó.

—Muy bien —contestó ella—. No sé cómo lo hizo ese amigo suyo —dijo mirando hacia mí—, pero consiguió un disfraz de fantasma y ganó el premio.

—¿Ves? ¿No te lo había dicho? Aportará mucho a tu clase —dijo con una sonrisa.

—Por lo menos la clase es ahora más entretenida…

¡ALEGRÍA-ALEGRÍA-ALEGRÍA! Me daba la impresión de que empezaba a caerle bien.

—… aunque el problema es que no la entretenga demasiado… —añadió ella.

¡Vaya! Las esperanzas de ganarme a la señora Brisbane se desvanecieron.

El señor Morales comentó que sus hijos preguntaban por mí todo el tiempo, y dicho eso, se fue, seguido por la señora Brisbane.

Y allí estaba yo, solo en el Aula 26, rodeado de murciélagos sin alas y fantasmas sin cabezas.

Mientras esperaba a que Aldo llegara, me senté en la penumbra a reflexionar sobre mi trabajo como mascota de la clase. ¿Había conseguido algo? Parecía que los hijos del señor Morales se comportaban mejor desde mi visita.

La mamá de Selma había comenzado sus clases de inglés. Y Selma quizá nunca se hubiera atrevido a cantar enfrente de la clase sin mi empujoncito.

Sin embargo, todavía no me había ganado a la señora Brisbane.

Ni tampoco a Gregory Turell, aunque parecía que en un principio yo le caía bien. Ahora siempre murmuraba cosas cuando pasaba cerca de mi jaula.

También me di cuenta de que él fue el único que no se alegró por mi Premio por el Mejor Disfraz.

Estaba pensando en Gregory cuando me sorprendió un parpadeo de luces anunciando la llegada de Aldo gritando:

—¡Truco o trato!

Llevaba su camisa habitual de trabajo, pantalones oscuros y zapatones. Pero se había puesto en la cara unos lentes con una nariz grande y redonda. De cada lente sobresalían unos ojos grandes, pintados con círculos rojos como si fueran venas. Su tupido bigote negro resaltaba bajo la gigantesca nariz.

—Me gusta tu disfraz —chillé.

—¿Qué significa esto? —preguntó, observando la cinta azul—. ¿El Mejor Disfraz? ¿Por un abrigo de piel? Tendré que pedirle a Ricky que me cuente.

Aldo abrió la bolsa de la comida y sacó una pequeña rodaja de una jugosa manzana.

—Tengo algo especial para ti, por Halloween y porque me siento muy feliz esta noche —dijo él.

Agarré el trozo de manzana y empecé a mordisquearlo mientras Aldo acercaba una silla a mi jaula.

—Verás, fui al Club Luna de Papel ¿Recuerdas, el Club que anunciaban en ese papel que encontré en el proyector?

—Sí —chillé entusiasmado.

—Y allí conocí a una joven muy agradable que se llama María. Trabaja de noche en una pastelería. Y mañana vamos a salir juntos. Vamos a ir a almorzar y al cine —dijo Aldo reclinándose en la silla. Es muy agradable. Bonita. Simpática. ¿Ya te dije que trabaja en una pastelería?

Aldo se puso de pie y empezó a dar pasos de un lado a otro delante de mi jaula.

—¿Sabes lo que no acabo de comprender? Cómo llegó ese anuncio hasta el proyector. La señora Brisbane no le enseñaría eso a la clase. Y a ella no le interesaría personalmente. Y más extraño todavía es que el proyector se haya quedado encendido. La señora Brisbane siempre deja su Aula impecable. —Hizo una pausa para frotarse la barbilla y me miró de reojo—. Sabes una cosa: si no fuera porque estás encerrado en esa jaula, me atrevería a decir que fuiste tú —dijo él, echándose a reír—. Bueno, quien quiera que haya sido, le estoy muy agradecido.

—De nada —chillé

Qué lástima que Aldo no me entendiera esta vez.

CONSEJO OCHO: Los hámsteres son más activos de noche.

Guía para el cuidado y alimentación de los hámsteres, Dr. Harvey H. Hammer.

El arte de la defensa personal

No cabía la menor duda. Hasta ahora, la semana transcurría de maravilla.

No solo me había ganado una cinta azul el miércoles, sino que, también, el jueves la clase recibió una larga carta de la señorita Mac. Había incluido una foto de ella, delante de una catarata, y a un costado unas criaturas muy extrañas. Parecían unos cerdos con mucho pelaje o algo parecido a un mapache.

—Estos son coatíes —dijo la señora Brisbane, leyendo lo que decía la carta.

De verdad que era un animal raro; sin embargo, a la señorita Mac se le veía preciosa, especialmente rodeada de esas flores rojas, amarillas y anaranjadas.

¡Cuánto me hubiese gustado estar allí con ella! Excepto que, quizá, a los coatíes no les gustaban los hámsteres.

Para despedirse, la señorita Mac había escrito: "Recuerdos a todos mis queridos amigos del Aula 26, especialmente al más pequeño, pero con un corazón grande, Humphrey".

SUSPIRO-SUSPIRO-SUSPIRO.

Aunque me sentí feliz por saber de la señorita Mac, el fin de semana se aproximaba y yo siempre me ponía un poco nervioso pensando adónde me tocaría ir.

Cuando el jueves se decidió que iría a casa de Miranda-No-Corras (perdón, quise decir No-Corras-Miranda), me entusiasmé tanto que solamente obtuve 83 en la prueba de vocabulario. (Selma obtuvo 100. Lo sé porque, esta vez, cuando la señora Brisbane preguntó quiénes habían sacado 100, Selma levantó la mano.)

Yo siempre pensé que Miranda vivía en un castillo porque me imaginaba que era una princesa de un cuento de hadas que se hacía pasar por una niña. Pero donde fuera que viviese Miranda, tenía que ser un lugar maravilloso.

Bueno, la casa de Miranda no era precisamente un castillo, pero sí era muy alta. Miranda vivía en un apartamento, en un cuarto piso, con su mamá y su perro Clemente. Había que subir en ascensor.

El apartamento era agradable. Su mamá era agradable. Clemente *no* era agradable.

Aunque el dormitorio de Miranda era pequeño, su mamá dejó que yo me quedara en el cuarto y puso mi jaula sobre el escritorio. Para darme la bienvenida, las dos hicieron una limpieza general de mi jaula.

—Apuesto a que nadie ha hecho esto desde hace mucho tiempo —dijo la mamá de Miranda.

Y estaba en lo cierto. La jaula había quedado tan reluciente que me sentí un hámster totalmente nuevo.

De repente, Clemente entró corriendo al cuarto: una

enorme masa de pelo amarillo, que intentaba a toda costa meter el hocico por entre los barrotes de mi jaula. Los orificios húmedos de su hocico parecían dos enormes ojos que me miraban fijamente. Luego sacó una lengua gigante que me llegó como un maremoto. Por suerte, la jaula me protegió.

—¡Mamá! —gritó Miranda—. ¡Por favor, saca a Clemente del cuarto!

Menos mal que la mamá de Miranda se llevó a Clemente al parque; así Miranda pudo mostrarme su cuarto. Acercó a la jaula fotografías de sus amigos y familiares para que yo las viera.

Tenía fotos de su papá, de su madrastra y de sus abuelos, que vivían en Florida.

Después me presentó a su pececito dorado Fanny. Era bastante callada, por cierto.

"Encantado de conocerte", le dije, pero por toda respuesta ella dijo: "Glup, Glup".

Estaba pensando en lo maravilloso que sería vivir con Miranda siempre, cuando, de repente, Clemente entró galopando.

—¡Sal de aquí, Clemente! —le gritó Miranda.

Pero él se limitó a mover la cola y a ladrar.

Miranda cerró la puerta para que el perro se quedara fuera; se le podía oír gimiendo y llorando como si fuese un bebé.

A pesar de todo, me sentía feliz de estar en casa de Miranda, hasta que escuché a su mamá pedirle que la acompañara a hacer algunas compras. Miranda protestó.

¡Bien hecho! Pero la mamá no quería que ella se quedara en casa en un día tan bonito y a Miranda no le quedó más remedio que aceptar ir con ella; si no, su mamá pensaría que estaba siendo una desconsiderada, cosa que ella jamás sería.

—No te preocupes, Humphrey. No tardaré en regresar. Y me voy a asegurar de cerrar bien la puerta del cuarto para que Clemente no pueda entrar.

No tengo por qué preocuparme. Me convencí a mí mismo. Después de todo, Miranda lo había dicho.

Y me preparé para dormir una siesta.

Pero tan pronto como ellas se fueron, Clemente comenzó a gimotear delante de mi cuarto. Podía escuchar cada vez que le daba golpes a la puerta con sus patas tratando de abrirla. Ya me estaba poniendo un poco nervioso, pero recordé que Miranda me había asegurado que no pasaría nada y que ella regresaría pronto.

Y entonces lo escuché: un leve movimiento del pomo cada vez que Clemente se lanzaba contra la puerta. ¡Era un bárbaro!

De repente, la puerta se abrió de golpe y Clemente entró disparado hasta mi jaula.

Traté de distraerlo dando vueltas en mi rueda. Puedo hacerlo por horas si es necesario. Pensé, incluso, en hipnotizarlo con ella, como había visto en una película con la señorita Mac. (¡Señorita Mac! ¿Dónde estaba cuando más la necesitaba?)

Pero, aparentemente, todas esas vueltas tuvieron el resultado opuesto, pues cada vez estaba más nervioso.

Comenzó a ladrarme; yo no entendía ni una sola palabra.

—¡Para ya! —chillé.

Pero eso lo alteró más todavía.

Apoyó sus patas delanteras en el escritorio y metió el hocico por entre los barrotes, muy cerca de la cerradura. Sí, la-cerradura-que-no-cierra.

—Tranquilo, Clemente —le chillé suavemente; él seguía metiendo el hocico por entre los barrotes, mostrándome su larga lengua y sus afilados dientes.

(Por cierto, Clemente podría usar unos caramelos de menta para el aliento.)

Clemente empujaba la cerradura una y otra vez. Si continuaba a ese ritmo, seguro que conseguiría abrirla y yo pasaría a la historia. Y la pobre Miranda nunca se enteraría de lo que había ocurrido.

Es posible que se echara a llorar tristemente. No podía siquiera pensar en eso. Trepé nuevamente a la rueda y empecé a dar vueltas con la idea de distraerlo un rato.

Clemente se echó hacia atrás y se quedó mirando la rueda en movimiento.

(Quiero decirles que es una suerte que en cuestión de materia gris, Clemente tenga tan poca.)

He de admitir que soy muy bueno dando vueltas en la rueda, pero no estaba seguro de cuánto tiempo podría resistir a ese ritmo; entonces Miranda entró corriendo en el cuarto. Nunca me pareció más bella que en ese momento.

—¡Basta ya, Clemente! —le gritó con firmeza—. ¡Malo, malo, malo!

Clemente corrió hacia ella moviendo la cola.

La mamá de Miranda lo arrastró fuera del cuarto y cerró la puerta.

¡Huy! ¡Qué alivio!

Miranda estaba muy apenada. Abrió la puerta de la jaula y me tomó en sus manos.

—Pobrecito —dijo, abrazándome. —Me dejó sobre el escritorio y me acarició suavemente con un dedo—: Humphrey, lo siento. Lo siento mucho.

No sé qué era mejor, si sus caricias o sus dulces y reconfortantes palabras.

Miranda se sentía tan mal por lo que había sucedido que me dejó correr libremente por su escritorio. Colocó una hilera de libros a ambos lados para que no me cayera y dejó que explorara el escritorio y disfrutara de la vista.

Por si no lo saben, la superficie de un escritorio es un lugar muy interesante. Miranda tenía un vaso alto, decorado con corazones y lleno de lápices. ¡Cuánto me gustaba el olor de los lápices! Tenía una caja plateada con clips para sujetar papeles y una morada con gomas elásticas.

También había una caja con muchos papeles, y tenía un diccionario grande y gordo. Yo podría utilizar uno también. Me pregunto si hacen diccionarios pequeños, para muñecas, que yo pueda guardar detrás del espejo.

Miranda se divertía viendo cómo exploraba todo. Cuando traté de subir a la caja de clips, me detuvo suavemente con un dedo.

—No, Humphrey. Te puedes hacer daño.

Hizo lo mismo cuando traté de acostarme sobre las gomas elásticas.

—No, Humphrey. Las gomas elásticas son peligrosas.

Bueno, *eso* ya lo sabía yo. La semana pasada, la señora Brisbane por poco manda a Gregory a la oficina del director por haberle lanzado una goma elástica a James. Y el pobre James gritó "ay" cuando la goma plástica le dio fuerte en el brazo.

Disfruté mucho de mi recorrido por el escritorio, pero tan pronto escuché los ladridos de Clemente, corrí derecho a mi jaula.

—Oh, Humphrey, no dejaré que Clemente te haga daño. Te lo aseguro —me dijo Miranda mientras me ayudaba a entrar.

Y yo la creí. Totalmente.

Pero a la hora de dormir, cuando la mamá de Miranda entró al cuarto para darle las buenas noches, dijo algo que hizo que un escalofrío recorriera mi espinazo.

—No olvides que mañana por la noche vamos a casa de los Nicolsons.

—No quisiera dejar solo a Humphrey —protestó Miranda—. Clemente lo mortifica mucho.

—No te preocupes. Esta vez cerraremos la puerta con llave —dijo ella—. Y esta noche, Clemente dormirá en mi cuarto.

Después de que su mamá se retirara, Miranda me aseguró que Clemente no saldría, porque le encantaba dormir en el cuarto de su mamá.

—Pero si pasa cualquier cosa y tienes miedo, solo tienes que chillar bajito y yo te oiré.

—Lo tendré presente.

Esa noche no pude dormir. Para empezar, el techo del cuarto de Miranda estaba lleno de estrellas que resplandecían en la oscuridad. ¡Qué belleza! No pude dejar de mirarlas en toda la noche.

Y por otra parte..., ya saben, soy nocturno.

Aunque, a decir la verdad, en realidad no pude dormir pensando en Clemente.

Después de mi experiencia de aquella tarde, estaba convencido de que ninguna cerradura en el mundo sería capaz de mantenerlo fuera. ¿Y cómo podría un pequeño hámster como yo luchar contra él? ¿Con qué arma podría defenderme de una criatura de semejante tamaño, peluda, con mal aliento y poco cerebro?

Y terminando de pensar en eso, se me ocurrió una brillante idea.

Aproveché que Clemente había permanecido callado durante varias horas y abrí la-cerradura-que-no-cierra. Salí corriendo de mi jaula a buscar un arma por si acaso tenía un nuevo encuentro con Clemente.

Y después, sin hacer ruido, regresé a mi jaula y cerré la puerta.

Escondí el arma detrás del espejo, junto a mi cuaderno, donde nadie podía verla. Entonces, y solo entonces, pude dar unas cuarenta cabezadas antes del amanecer.

Ese día, Miranda y su mamá hicieron todo lo posible por mantener a Clemente fuera de mi vista, hasta que llegó la hora de ellas irse a la fiesta.

—Me voy preocupada —dijo Miranda.

—Cerraré la puerta con llave por fuera —dijo su madre—. Voy a encerrar a Clemente en mi cuarto. Y la jaula de Humphrey tiene cerradura, ¿no?

Miranda revisó bien la cerradura. Todo el mundo la revisaba bien. A simple vista parecía bien cerrada, incluso, hacía un pequeño ruido cuando la puerta se cerraba, como el sonido de un seguro. Sin embargo, créanme, no se necesita ser un Houdini para abrirla.

Miranda parecía satisfecha con todas las precauciones tomadas, pero yo, no. Así que me mantuve en estado de alerta toda la tarde y toda la noche. Y esto fue lo que ocurrió:

Una vez que Miranda y su mamá se marcharon, Clemente se quedó ladrando un buen rato.

Entonces, oí ruidos y traqueteos durante una hora.

Luego, escuché fuertes pisadas por el pasillo en dirección al cuarto de Miranda, es decir, en dirección a *mi* cuarto.

Aguanté la respiración y esperé. Sabía que la mamá de Miranda había cerrado la puerta con llave por fuera, pero esas cosas no detenían a Clemente.

El pomo de la puerta giraba de un lado a otro; en realidad, no pasaba nada, pero eso no parecía detener a la bestia.

Trató de moverla de un lado a otro de nuevo y, ya cansado, se dejó caer pesadamente delante de la puerta.

Y, entonces, poco a poco, la puerta se abrió.

Clemente parecía verdaderamente sorprendido; yo,

no. Me había preparado para este momento durante las dos últimas horas.

Mi corazón latía tan fuertemente (PUM-PUM-PUM), que hasta la pobre Fanny parecía asustada.

Clemente trotó hasta llegar a mi jaula y pegó su húmedo hocico contra ella.

—¡Aléjate! ¡Vete de aquí o atente a las consecuencias!

Obviamente a Clemente las amenazas no lo amedrentaban.

—¡Guau! ¡Guau! —ladraba, lanzando una nube de mal aliento hacia mí.

No retrocedí.

Volvió a ladrar varias veces y comenzó a empujar la puerta de la jaula con su hocico. Me preguntaba si él sabría lo de la cerradura.

Había llegado el momento de poner mi plan en acción. Estaba en peligro y no tenía otra salida. Disponía de una única oportunidad porque solo tenía un arma: una goma elástica. Me había costado mucho tiempo ponerla alrededor del borde de mi plato de comida. La estiré hacia atrás lo más que pude y apunté a su hocico.

—¡Tú te lo buscaste, bestia! —chillé.

Y, entonces, la solté. Salió disparada por el aire y dio justo en el hocico de Clemente.

Clemente dio un aullido y salió disparado del cuarto como si hubiese visto un fantasma. Una lástima que ya no tuviese mi disfraz: hubiera sido el toque final perfecto.

Ahora pienso que quizás Clemente no es tan tonto como yo había pensado en un principio: después de lo sucedido, ni siquiera se acercó al cuarto.

Por supuesto, cuando Miranda y su mamá regresaron de la fiesta, se sorprendieron mucho al ver las puertas de los cuartos abiertas y a Clemente escondido detrás del sofá de la sala.

—La verdad es que no entiendo nada, pero lo importante es que Humphrey está bien. A lo mejor fueron unos ladrones que entraron en casa —dijo Miranda.

La mamá de Miranda revisó los clósets, las cómodas y los estantes, y todo estaba en perfecto orden.

—Esto sí que es un misterio —dijo ella después de haber inspeccionado toda la casa.

Miranda se me quedó mirando, moviendo la cabeza de un lado a otro.

—Si tan solo Humphrey pudiera hablar —señaló.

—Pero sí que *puedo*; solo tienes que escucharme —le dije.

—Estoy segura de que tendría muchas cosas que contarnos —continuó Miranda sin poder comprender mis chillidos.

"Eso seguro", pensé. Suficiente para llenar un libro.

CONSEJO NUEVE: A los hámsteres no les gusta el contacto con otros animales. Un gato o un perro podrían comerse un hámster o, por lo menos, hacerle daño.

Guía para el cuidado y alimentación de los hámsteres, Dr. Harvey H. Hammer.

Gregory se enfrenta a James

—Si tienen perros o gatos en casa, tienen que tener mucho cuidado de no dejarlos cerca de Humphrey —advirtió Miranda a la clase el lunes.

—Dilo más alto, por favor —chillé.

Pero no lo hizo.

Yo todavía pensaba que No-Corras-Miranda era alguien muy especial; estaba muy agradecido con mi reluciente jaula y había adquirido un cierto respeto por las gomas elásticas. Y aunque pensaba que Miranda era casi perfecta, ya no estaba tan ansioso de quedarme en su casa otra vez.

James levantó la mano y la señora Brisbane lo llamó.

—¿Puedo llevar a Humphrey este fin de semana? No tenemos ni perro ni gato —gritó.

—Baja-la-Voz-James. Te lo confirmaré el jueves. Puede que haya otros estudiantes que también quieran llevarse a Humphrey.

Por lo menos la mitad de la clase levantó la mano y todos gritaron a la vez: "¡Yo, yo!". Me sentí halagado, pero por alguna razón, Gregory parecía disgustado con todo esto.

En menos de un minuto lanzó una goma elástica a James.

—¡Ay! —gritó James de dolor.

Cuando James le explicó a la maestra lo que había pasado, Gregory lo negó.

—Fue Humphrey —dijo Gregory.

Rita se rió. Pero la señora Brisbane, no.

—No creo que un hámster pueda tirar una goma elástica —dijo, muy seria.

"¡Si ella supiera!", pensé yo

Al día siguiente, Gregory le puso una zancadilla a Arturo cuando este se levantó para sacar punta a su lápiz.

—¡No fui yo! Es que Arturo es un patoso —protestó Gregory cuando la señora Brisbane lo regañó muy disgustada.

Ese mismo día, Gregory empujó a Rita en el recreo de la mañana. Y por eso tuvo que quedarse en el aula durante el recreo de la tarde.

—¡Gregory Turell! Estoy a punto de mandarte a la oficina del señor Morales —dijo la señora Brisbane, bastante molesta.

Gregory se encogió de hombros.

El miércoles, Gregory se coló en el aula durante el recreo, aprovechando que la señora Brisbane había ido a la oficina, y fue directo a mi jaula. Ahora estábamos los dos solos en el aula.

—Hola, rata. ¿No te gustaría escaparte? Así nadie tendría que llevarte a su casa durante el fin de semana.

Abrió la puerta de la jaula, me agarró y dijo:

—A ver, rata, ¿quieres ser libre?

Me dejó en el suelo. El corazón me latía rápidamente: ¡PUM!-¡PUM!-¡PUM!

—¡Huye, rata! Y me dio un empujón con la mano.

—Me escabullí por debajo de una mesa. Quería decir algo, pero por primera vez en la vida me había quedado mudo de pánico.

—Diviértete —dijo, y se fue corriendo.

Estaba confuso. Yo no quería fugarme. Me sentía feliz en el Aula 26, disfrutando de mis aventuras los fines de semana.

¿Adónde iría? ¿Qué haría?

No había tiempo que perder. Corrí hacia el cordón que colgaba de las persianas y me agarré de él.

Comencé la antigua rutina de impulsarme de adelante atrás, cada vez más alto, hasta que alcancé la superficie de la mesa… ¡Y salté! Ni siquiera tuve tiempo de pensar en que tenía el estómago todo revuelto. Entré rápidamente en mi jaula y cerré la puerta.

En ese momento, regresó la señora Brisbane. Me acurruqué en mi cama para que ella no notara mi fuerte respiración.

Vi que miraba la ventana con cara de asombro. Se acercó y se quedó observando el cordón que todavía se balanceaba. Lo agarró con la mano y lo detuvo. Entonces movió la cabeza y se fue.

Cuando terminó el recreo y mis compañeros regresaron a clase, Gregory miró en dirección a mi jaula con una sonrisa. Pero la sonrisa desapareció casi al instante cuando vio que la puerta de la jaula estaba cerrada. Se levantó de un salto y miró dentro de la jaula.

—Hola —le dije.

—Gregory, por favor, siéntate —le dijo la señora Brisbane.

—Pero, es que…, Humphrey —protestó él.

—¿Qué pasa? —preguntó ella, un poco irritada.

—¡Está en su jaula! —dijo él.

Algunos de mis compañeros se echaron a reír, pero no la señora Brisbane.

—Por si no te habías dado cuenta antes, Gregory, él siempre está en su jaula. Siéntate ahora mismo.

Gregory hizo lo que ella dijo, pero se pasó el resto de la clase mirándome.

El jueves, la señora Brisbane anunció que el fin de semana yo iría a casa de James.

—¡Estupendo! —exclamó James, loco de alegría.

Unos segundos más tarde, una ráfaga de gomas elásticas cayó sobre James: en su nuca, hombros y cabeza.

—¡Basta ya, Gregory! —gritó James, poniéndose de pie—. Ya estoy cansado de tus gomas elásticas.

Y haciéndose el inocente, Gregory dijo:

—No sé de qué hablas. No sé quién las tiró. Yo no fui.

—Fue Gregory —dijo Ana—. Yo lo vi.

La señora Brisbane no le recordó a Ana que tenía que levantar la mano, pero sí le dijo a Gregory que tenía que quedarse durante el recreo.

—No es justo —murmuró Gregory.

Cuando sonó la campana, Gregory se quedó en su pupitre. Una vez que todos los estudiantes salieron del aula, la señora Brisbane cerró la puerta y se acercó a él. Por lo general, yo dormía una siesta a esa hora, pero estaba completamente despierto y no quería perderme esa conversación.

—Gregory, me he dado cuenta de que estás muy raro últimamente. Hasta hace dos semanas nunca te metías en problemas. Ahora, le tiras gomas elásticas a tus compañeros e interrumpes la clase. ¿Me puedes explicar la razón?

Gregory tan solo negó con la cabeza.

—Tus notas han bajado también. ¿Hay algún cambio en tu vida?

Nuevamente negó con la cabeza.

—¿Y en casa? ¿Pasa algo?

Gregory no movió la cabeza. No movió ni un solo músculo.

—¿Debo hablar con tus padres sobre tu comportamiento?

La cara de Gregory se puso roja como un tomate.

—No —dijo con voz entrecortada.

La señora Brisbane se acercó más y le puso una mano en el hombro:

—Gregory, dime qué te pasa.

—Es mi... mamá... está enferma —dijo él—. Muy enferma. Las lágrimas empezaron a correrle por el rostro y yo también sentía que se me humedecían los ojos.

—¿Qué tiene? —le preguntó la señora Brisbane.

—Ha perdido mucho peso y ha estado en el hospital varias veces. Ahora siempre está cansada y…

Gregory no pudo terminar de hablar. Se limpió las lágrimas con un pañuelo de papel que la señora Brisbane le dio.

—Por eso no puedo llevar a Humphrey a casa. Papá dice que tenemos que tener mucho cuidado de no molestar a mamá. Pero mi hermano pequeño la molesta, y el sí puede estar en casa.

La señora Brisbane sonrió levemente.

—Gregory, Humphrey es una gran responsabilidad. Por eso yo no lo llevo a casa. Mi esposo también está enfermo. ¿Lo sabías?

Gregory negó con la cabeza.

—Yo sé cómo te sientes. Voy a hacer algunas llamadas esta noche. A lo mejor podemos encontrar la manera de que pases algún tiempo con Humphrey —dijo ella.

—Pero si él me odia —chillé.

—Eso me gustaría —dijo Gregory.

Ahora sí que estaba confundido.

—Pero tienes que prometerme que no vas a interrumpir más la clase —le dijo la señora Brisbane—. ¿De acuerdo?

—De acuerdo —dijo Gregory.

Como ya saben, yo soy muy bueno ideando planes para resolver los problemas de los humanos. Pero por más que lo pienso, no me podía imaginar cuál era el plan de la señora Brisbane para que Gregory pasara tiempo conmigo.

Todavía estaba pensando en eso esa noche cuando llegó Aldo.

—¡Hola, amigo! —gritó desde la puerta.

Casi me caigo de la rueda.

—¡Eres el hámster más guapo e inteligente del mundo! ¡Y yo soy el hombre más afortunado del mundo! ¡Porque salgo con la chica más bonita del mundo!

Aldo se acercó a la jaula y me susurró:

—No se lo digas a nadie todavía. Apenas llevamos saliendo tres semanas. ¡Pero, amigo, qué bien hemos congeniado!

Acercó una silla y se sentó muy cerca de mí.

—Y todo gracias al Club Luna de Papel. Y a ese anuncio del periódico… —dijo señalando al lugar donde había estado el proyector—. ¡Y a ti! Yo sé que tú tuviste algo que ver con esto, pero no sé exactamente qué. Bueno, no se lo digas a nadie todavía, pero un día me voy a casar con María. Y cuando suceda, quiero que tú seas el padrino. Te lo digo en serio. Es más, si no fueras un hámster, te invitaba a celebrar con una hamburguesa.

Metió la mano en el bolsillo y sacó algo envuelto en papel de aluminio.

—Como no puedes comer una hamburguesa, te traje esto.

Desenvolvió el papel y sacó un trocito de zanahoria que colocó dentro de mi jaula.

—Gracias, Aldo. Me alegro mucho de que seas feliz.

—Sabía que te alegrarías.

Aldo sonrió y comenzó a dar vueltas por la clase.

—Tengo tantas energías que podría limpiar el aula en la mitad del tiempo que me lleva normalmente. ¡Podría escalar una montaña sin cansarme! ¡Podría conquistar el mundo! ¡El amor es maravilloso!

—Si tú lo dices —dije yo.

Nunca había visto a nadie tan feliz. Lo único que me haría sentir igual a mí sería que la señorita Mac regresara.

Pero ella no iba a volver.

Y yo no tenía más remedio que acostumbrarme a la señora Brisbane y ella a mí.

Y qué habría querido decir cuando comentó que no me llevaba a su casa porque su esposo estaba enfermo. ¿Que ella *sí* me llevaría a su casa si su esposo no estuviera enfermo?

Estuve pensando en eso toda la noche y llegué a esta conclusión: NO-NO-NO.

Ella no me llevaba a su casa porque yo no le caía bien.

Y, después de todo, quizá fuera lo mejor.

CONSEJO DIEZ: Los hámsteres son unos increíbles acróbatas y trepadores. Pueden desafiar las leyes de la gravedad.

Guía para el cuidado y alimentación de los hámsteres, Dr. Harvey H. Hammer.

¡Nada que hacer!

¡**V**aya! El viernes fue una gran aventura porque James me llevó a su casa en el autobús de la escuela.

Era ruidoso, olía mal, había mucho traqueteo y casi todo el mundo en el bus quería verme de cerca, incluyendo la conductora, la señorita Victoria.

Era emocionante, quizá demasiado, porque James no lograba mantener la jaula firme y yo me resbalaba de un lado a otro, dando tantos tumbos que comencé a marearme.

—Lo siento, Humphrey —se disculpó cuando un chico tropezó con su codo e hizo que yo cayera desparramado por el suelo de la jaula.

—No te preocupes —chillé sin fuerzas.

El bus nos dejó muy cerca de la casa de James. Era una casa de dos plantas con un portal grande. Tan pronto como entramos tuve un recibimiento muy caluroso de la mamá de James, de su hermano menor Tim, de su hermanita Denise y de su hermanito Ben.

—Anthony James, preséntanos a tu amiguito —dijo la mamá al recibirnos.

¿Anthony James? Todo el mundo en la clase lo conocía solamente como James.

—Este es Humphrey —dijo él.

—Hola, Humphrey —dijo la señora Thomas—. Anthony, ¿qué tal te fue hoy en la escuela?

—Mal. Gregory se pasó todo el tiempo tirándome gomas elásticas. Siempre me está molestando.

—Pero antes eran muy buenos amigos —dijo ella.

—Eso era antes —dijo James—. Ahora es un TONTO.

La mamá le dio una palmada en el hombro:

—Bueno, tienes todo el fin de semana para olvidarte del asunto. Lleva a Humphrey al estudio y acomódalo.

La señora Brisbane siempre lo llamaba Baja-la-Voz-James, porque siempre hablaba muy alto en clase. Pero pronto me di cuenta de que todo el mundo en su casa hablaba alto. No había otro remedio, porque el televisor lo tenían a todo volumen.

Todas las casas donde me había quedado hasta ahora tenían televisor. Incluso la señorita Mac tenía un televisor, y yo disfrutaba de los programas que veía con ella.

Hay un canal que solo tiene programas sobre animales salvajes, cosas espeluznantes como osos, tigres e hipopótamos atacándose unos a otros. No les miento, es *salvaje*. (Espero que esa palabra no aparezca en las pruebas de vocabulario.) Son esos programas los que precisamente hacen que yo aprecie el tener una buena jaula como protección, siempre y cuando la cerradura no cierre del todo.

Hay otro canal que muestra un programa con gente, vestida con ropas extrañas, que baila y canta en lugares que no conozco. Me alegro de tener un buen abrigo de piel y no tener que pensar en qué ponerme cada día.

Pero lo que más me gusta son los programas de dibujos animados. A veces son de ratones y conejos y otros interesantes roedores, aunque todavía no he visto un *show* de hámsteres.

Bueno, la diferencia es que en casa de James, la televisión está puesta *todo el tiempo*. Hay un televisor sobre una mesa enfrente de un sofá grande y cómodo y una butaca también grande y confortable, y casi siempre hay alguien sentado mirando la tele. Lo sé porque colocaron mi jaula en el suelo, al lado del sofá, el mejor lugar para verla.

A veces no podía oírla bien; la mamá de James tenía la radio puesta en la cocina. Siempre tenía el volumen alto mientras cocinaba, hacía crucigramas o hablaba por teléfono. No importa lo que hiciera, la radio siempre estaba encendida.

Cuando el papá de James llegó del trabajo, se dejó caer en el sofá y se puso a ver la tele mientras jugaba con el bebé. Luego llegaron James y Tim y se pusieron a jugar con unos vídeos, mientras su papá los observaba. Denise escuchaba la radio en la cocina y bailaba al compás de la música.

Cuando llegó la hora de la cena, la familia entera llevó sus platos al estudio y se sentaron a comer allí para poder ver la televisión.

Terminaron de cenar y siguieron viendo la tele. Más tarde, hicieron palomitas de maíz y continuaron frente a la tele.

Finalmente, los niños se fueron a la cama. Primero el bebé, luego Denise y más tarde, Tim y James.

Después de que los niños se fueron a dormir, el señor y la señora Thomas se quedaron viendo la televisión y tomando helado.

Un rato más tarde, la señora Thomas bostezó:

—Estoy cansada, Charlie. Me voy a la cama, y sugiero que tú hagas lo mismo.

Pero el señor Thomas se quedó viendo la tele. O por lo menos se quedó sentado en el sofá, frente al televisor, hasta que se quedó dormido. Terminé de ver la lucha libre yo solo. Desafortunadamente, el luchador por quien yo apostaba, "El enmascarado", perdió. Luego, el señor Thomas se despertó, bostezó, apagó el televisor y se fue a la cama. ¡Al fin, paz y tranquilidad!

Pero la tranquilidad duró unos diez minutos. La mamá de James bajó con Ben en brazos, se sentó en la butaca y le dio un biberón de leche mientras veía un programa en la televisión. Cuando Ben se quedó dormido, la señora Thomas apagó el televisor. ¡Bendito sea!

Cinco minutos más tarde, el señor Thomas regresó:

—Lo siento hámster. No puedo dormir —dijo con el mando a distancia en la mano.

Miró un programa y otro y se quedó dormido nuevamente, pero el televisor permaneció encendido y no tuve otro remedio que ver unos anuncios sobre autos, cómo perder peso, diferentes equipos para hacer ejercicios y, por último, un programa de música clásica con armónica.

La combinación de ser nocturno y ese constante bombardeo de sonido y luces me mantuvo despierto toda la noche.

Al amanecer, Denise llegó de puntillas, arrastrando su muñeca por el pelo, y puso un programa de dibujos animados sobre princesas.

Luego vio otro sobre perros y gatos. (¡No me gustó nada!) Entonces, el señor Thomas bajó y quiso conocer el resultado de unos juegos deportivos. Luego llegó la señora Thomas, le dio el bebé a su esposo y un biberón para que le diera la leche. James y Tim aprovecharon para poner unos videojuegos, y sus padres se quedaron para verlos jugar.

El ruido era ALTO-ALTO-ALTO, pero parece que nadie se daba cuenta.

—¿Qué quieres desayunar? —gritó Mamá.

—¿Qué?

—¿QUÉ QUIERES DESAYUNAR? —gritó ella nuevamente.

—¡PANQUEQUES! —gritó Papá.

—¡NO ME DEJAN OÍR LA TELEVISIÓN! —gritó Tim, subiendo el volumen al televisor.

—¿QUIERES JUGO? —gritó Mamá.

—¡NO TE OIGO! —gritó Papá.

Y así transcurrió el tiempo. Con cada nueva pregunta, el volumen del televisor subía, hasta que resultó ensordecedor.

Entonces la mamá encendió la radio.

La familia Thomas era muy agradable y acogedora, pero este iba a ser un fin de semana muy largo y ruidoso a menos que se me ocurriera un plan.

Así que comencé a dar vueltas en mi rueda para poder pensar. Y pensé, pensé y pensé y, de repente, me llegó "La Gran Idea". Posiblemente se me hubiese ocurrido antes si hubiese podido escuchar mis propios pensamientos.

Al mediodía, todos veían el fútbol o mejor dicho, el señor Thomas lo veía mientras que Tim y James le hacían preguntas sobre el juego. La señora Thomas escuchaba la radio en la cocina y hablaba por teléfono a la vez. Denise jugaba con el bebé en la butaca.

Como nadie se fijaba en mí, con cuidado abrí la-cerradura-que-no-cierra y salí de mi jaula.

Como es natural, nadie podía oírme correr por el suelo hasta llegar a la parte de atrás del mueble donde estaba el televisor. Entonces, con un gran esfuerzo, logré desconectar el enchufe: una de las hazañas más difíciles de mi vida.

El televisor se quedó mudo. Un silencio divino, precioso, inestimable. El silencio era tan absoluto que me dio miedo moverme. Me quedé congelado detrás del mueble.

La familia Thomas se quedó mirando la pantalla mientras se oscurecía poco a poco.

—Tim, ¿escondiste el mando? —preguntó el señor Thomas.

—No, está ahí, debajo de la mesa.

—Anthony, enciende el televisor —dijo el señor Thomas.

James se levantó de un salto y presionó el botón del mando para encenderla de nuevo.

Pero nada pasó.

—¡Se ha roto! —gritó James.

La señora Thomas salió presurosa de la cocina.

—¿Qué pasó?

El señor Thomas le explicó que el televisor se había apagado por sí solo y no se podía encender. Hablaron acerca de cuánto tiempo tenía el televisor (cinco años) y si estaba bajo garantía (nadie sabía) y si era algo que el señor Thomas podía arreglar (de eso nada).

—Funcionaba bien hasta que se apagó de repente. Será mejor llevarlo a arreglar —dijo el señor Thomas.

—¿Cuánto tiempo tardarán? —preguntó Denise quejándose.

—No sé —le dijo su papá.

—¿Cuánto costará? —preguntó la señora Thomas.

—Es cierto —dijo su esposo—. Me había olvidado de que estamos un poco cortos de dinero esta semana.

El bebé comenzó a llorar y yo pensé que el resto de la familia también iba a hacerlo.

—Bueno, yo cobro el próximo viernes —dijo papá.

James dio un salto y, moviendo las manos, exclamó:

—¡Pero falta toda una semana!

—Yo me voy a casa de la abuela. Su televisor funciona —dijo Tim.

—Yo también —dijo Denise.

—Esta noche abuela tiene el grupo de amigas que juega al *bridge* —dijo mamá.

—Es cierto —dijo papá—. Vayamos al cine.

—¿Sabes cuánto cuesta el cine para cinco personas? Además, no podemos llevar al bebé.

—Es verdad. No lo había pensado —contestó papá.

Se quejaron y protestaron durante un rato. Hablaban

tan alto que pude correr hasta mi jaula sin que me oyeran. Entonces, supongo que me quedé dormido. Recuerden que apenas había podido dar una cabezadita desde que había llegado. Los lamentos y las quejas eran como música para mis oídos después de ese otro ruido ensordecedor.

Estaba medio dormido cuando el tono de voz de las quejas cambió:

—Pero no hay nada que hacer —se quejó Denise.

Su padre se rió:

—¡*Nada que hacer!* Mi hermano y yo nos pasábamos los fines de semana en casa de nuestra abuela y ella no tenía televisor. ¡No quería verlo!

—¿Qué hacían? —preguntó James.

—Estábamos siempre ocupados. Jugábamos a las cartas, juegos de mesa y juegos de palabras.

Íbamos al patio y corríamos. Muchas veces nos sentábamos en el portal a charlar. Mi abuela…, ¡cuánto le gustaba *hablar*!

—¿De qué hablaban? —preguntó Tim, curioso.

—Nos contaba historias de cuando ella era niña. Historias de fantasmas y anécdotas simpáticas como aquella vez que su tío, que era sonámbulo, fue a la iglesia en pijama.

La señora Thomas suspiró:

—¡Oh, Charlie, continúa, por favor!

—Yo solo les puedo relatar lo que ella nos contó a nosotros: el tío se despertó en medio del servicio religioso, bajó la vista para orar y vio que llevaba puesto el pijama de rayas azules y blancas.

Dejé sonar un chillido de sorpresa y todos los niños se echaron a reír.

Entonces la señora Thomas contó la historia de una compañera de clase que, por descuido, vino a la escuela en pantuflas. Y, para colmo, eran de peluche en forma de conejito —dijo ella sonriendo.

Hablaron y hablaron y el papá sacó unas cartas y jugaron a un juego que se llamaba "Ocho Loco".

También jugaron al parchís, a las damas chinas y a otros juegos de mesa que habían permanecido olvidados en el armario. Si el bebé gimoteaba, se turnaban para darle saltos sobre las rodillas.

Después de un rato, la señora Thomas miró el reloj y dijo:

—¡Vaya, ya es hora de ir a dormir!

Los niños protestaron y preguntaron si podían volver a jugar a las cartas al día siguiente. Unos minutos más tarde, todos se habían ido a la cama y entonces reinó una CALMA-CALMA-CALMA por primera vez desde que había llegado a la casa.

CONSEJO ONCE: Los hámsteres son unos expertos en desaparecer en cualquier habitación, así que ten cuidado no se vayan a escapar de su jaula.

Guía para el cuidado y alimentación de los hámsteres, Dr. Harvey H. Hammer.

Estalla la paz

Muy temprano, Tim, Denise y James bajaron corriendo al estudio y se pusieron a jugar a "Ocho Loco". Después, salieron al patio y comenzaron a jugar con la pelota de fútbol.

Los Thomas desayunaban con Ben en la cocina cuando sonó el teléfono. El señor Thomas contestó y durante el tiempo que duró la conversación, apenas hablaba, excepto para decir: "Ah, comprendo".

"Sí, no hay problema". Cuando colgó, le dijo a su esposa:

—Vamos a recibir una visita, pero no le digas nada a Anthony James.

¡Oh!, un misterio. Me encantan los misterios porque es divertido resolverlos. Pero, por otra parte, no me gustan los misterios porque no me gusta no saber qué está pasando. Así que tuve que esperar pacientemente.

Unas horas más tarde, sonó el timbre de la puerta.

Misterio resuelto: ¡la visita resultó ser Gregory Turell y su papá!

—Les estoy muy agradecido —les dijo el papá de Gregory a los Thomas—. Fue idea de la señora Brisbane.

Como Gregory no puede llevar a Humphrey a nuestra casa por el momento, ella sugirió que a lo mejor él podría ayudar a James a cuidarlo aquí.

Típico de la señora Brisbane. Como si necesitara que alguien me cuidase.

Pero Gregory había llorado porque no podía llevarme a su casa. Quizás, pensándolo bien, no era tan malo a pesar de todo.

Cuando el señor Turell se fue, el señor Thomas llamó a James para que viniera a la sala.

James llegó corriendo y prácticamente se detuvo en seco cuando vio a Gregory.

—Tenemos visita —dijo el señor Thomas—. Dale la mano, Anthony. Gregory ha venido para ayudarte a cuidar a Humphrey.

James y Gregory se estrecharon la mano a regañadientes.

—¿Y por qué estás aquí? —preguntó James.

—Fue idea de la señora Brisbane —dijo encogiéndose de hombros.

—De acuerdo. Ven, vamos a limpiar la jaula y así salimos de eso —dijo James.

Los chicos casi no se hablaron mientras limpiaron mi jaula, pero les entró la risa cuando tuvieron que limpiar mi bacinica. (No entiendo por qué a todo el mundo esto le causa gracia.)

Una vez que pararon de reírse, comenzaron a charlar y a bromear. Decidieron dejarme salir fuera de la jaula, así que trajeron unos bloques de madera del cuarto de

Denise y me hicieron un laberinto.

¡Me encantan los laberintos!

Cuando todos nos cansamos de ese juego, James se ofreció a enseñarle a Gregory cómo jugar al "Ocho Loco". Luego, Tim y Denise llegaron y todos jugaron a "Vamos de pesca".

Nadie mencionó la palabra televisor.

Nadie lanzó gomas elásticas.

Por la tarde, todos los niños salieron al patio y jugaron al fútbol. Yo estaba completamente dormido cuando la señora Thomas entró al estudio con una escoba y se puso a barrer. Un minuto después, llegó el señor Thomas.

—¿Qué haces, cariño?

—Y a ti, ¿qué te parece? Estoy barriendo. El suelo da asco de toda la comida que se nos cae.

—¿Y Ben, duerme? —preguntó el señor Thomas

—¡Shhh…! Sí.

Entonces, el señor Thomas se acercó a su esposa y le quitó la escoba de las manos:

—Pues, aprovecha y siéntate, descansa un poco. Yo barro.

La señora Thomas le dio las gracias con una sonrisa y se sentó en el sofá. El señor Thomas comenzó a barrer por todos los rincones, hasta llegar por detrás del televisor.

Entonces, dejó de barrer y se agachó.

—¡Ajá!

—¿Qué pasa? —preguntó la señora Thomas.

—El televisor no está enchufado —dijo él—. —Se enderezó con el enchufe en la mano y cara de asombro—. No pudo haberse desconectado porque todos estábamos sentados viendo la tele. Quiero decir que el enchufe no se puede caer solo —dijo él.

—Conéctalo a ver si funciona —le dijo su esposa.

Y como pueden adivinar, la imagen se vio mejor y el volumen más alto que nunca.

—Sigo sin entenderlo —dijo el señor Thomas—, pero por lo menos, ya no tendremos que pagar por el arreglo.

La señora Thomas se quedó observando la pantalla por unos segundos y luego miró hacia la ventana y vio a los niños que jugaban felices en el patio.

—Charlie, ¿qué te parece si la dejamos desconectada por unos días más y no decimos nada a los niños? —preguntó ella.

El señor Thomas sonrió levemente, se agachó y desconectó el televisor:

—Me parece una idea excelente.

Dejó la escoba a un lado, se sentó junto a su esposa y ambos comenzaron a reírse con cierta picardía, como lo hacía No-te-rías-Rita.

De repente, el señor Thomas fijó su atención en mí.

—No creo que te importe un poco de paz y tranquilidad, ¿verdad, Humphrey?

—No, en absoluto —chillé, y finalmente caí rendido.

El lunes por la mañana cuando James, Gregory y yo regresamos al Aula 26, se percibía un gran cambio en el ambiente. Las gomas elásticas ya no volaban por el aire,

Gregory no puso la zancadilla a nadie y, por lo tanto, Rita no se buscó problemas por reírse en clase. Ana tampoco se buscó problemas por hablar, sin levantar la mano antes, porque no había razón ninguna para decirle a la señora Brisbane lo que había hecho Gregory.

Pero el cambio más notable era Selma, que ahora levantaba la mano todos los días.

Un día levantó la mano para ofrecerse voluntaria para limpiar mi jaula durante el recreo. Miranda también levantó la mano y la señora Brisbane las eligió a las dos.

—Niñas, creo que puedo dejarlas solas en el aula mientras voy a dejar estos papeles a la oficina del señor Morales —dijo la señora Brisbane.

Desde luego que podía dejarlas con toda confianza.

Cuando se quedaron solas, se pusieron a conversar.

—Me gusta mucho cómo cantas —le dijo Miranda a Selma.

—Gracias —contestó Selma.

—Mi mamá y yo vamos a ir este fin de semana al teatro, a ver un musical de Cenicienta en el recinto universitario, y tenemos una entrada de sobra. ¿Te gustaría venir con nosotros? Mi mamá te puede recoger en tu casa.

—Me encantaría. Yo nunca he visto una obra de teatro.

—¡Estupendo! Mi mamá llamará a tu mamá —dijo Miranda, muy contenta.

De repente, el rostro de Selma se ensombreció.

—Oh, mejor no. Ella siempre está muy ocupada.

Dame tu teléfono y mi papá llamará a tu mamá.

Selma se quedó observando la reacción de Miranda, y yo también.

—Me parece bien.

Y eso fue todo. Miranda anotó en un papel el teléfono de su casa y se lo dio a Selma, que se veía ya más aliviada.

Yo sabía que a la mamá de Miranda no le importaría que la mamá de Selma no hablara bien inglés. Esperaba que pronto Selma también se diera cuenta.

Otra cosa buena que también sucedió es que la señora Brisbane comenzó a leernos un libro en voz alta.

A veces, esas lecturas me daban sueño, pero esta vez eligió un libro muy bueno. Cuando anunció a la clase que era una historia sobre un ratón, Rita se echó a reír.

—¿Qué ha dicho? —le preguntó Arturo a Ricky.

—Presta-Atención-Arturo —dijo la señora Brisbane—. Es acerca de un ratón.

Algunos chicos comenzaron a protestar.

—Eso es para bebés —murmuró uno de ellos.

—Ya veremos —dijo la señora Brisbane, y comenzó la lectura del cuento.

¡Oh, qué maravilla de cuento! Era sobre unos ratones, no más grandes que yo, que eran unos valientes guerreros. Para cuando ella dejó de leer la historia, yo soñaba con llevar puesta una armadura como la de ellos.

—Mañana continuaremos —dijo, marcando la página con un marcador antes de cerrar el libro.

¡Mañana! En verdad que esa mujer a veces podía ser

mala. Lo había demostrado un montón de veces.

Yo me hubiera escapado de mi jaula por la noche para terminar el libro, pero es tan mala, que lo guardó en el cajón de su escritorio, que siempre cierra con llave.

El fin de semana llegó rápido y esta vez me fui con Ricky.

Todavía no estoy muy seguro de cuántas personas viven en casa de los Ronaldo porque siempre había un montón de gente entrando y saliendo: tíos y tías, primos, abuelos, vecinos… No terminaba una comida, cuando comenzaba otra, y la mamá de Ricky también era *muy generosa* con mi ración de comida. Aprendí una cosa: en la casa de Ricky nunca te sentías solo o con hambre.

¿A que no adivinan quién llegó el domingo por la tarde? ¿Se acuerdan del tío de Ricky? Ese mismito, ¡Aldo Amato! Pero esta vez mi amigo Aldo no estaba solo, venía acompañado de su novia María: la trajo a conocer a la familia. María era una mujer elegante, que llevaba el cabello largo y rubio recogido en un moño. Estaba vestida de rojo de la cabeza a los pies: pendientes rojos, suéter rojo, falda roja y zapatos rojos. Me gusta el color rojo, es un color alegre. Pienso que María es una persona alegre que se ve feliz al lado de Aldo.

María cayó bien a toda la familia y no la dejaban tranquila. También les había encantado el pan y las galletitas que había traído de la pastelería donde trabajaba.

Una vez que se calmó el alboroto que se formó con su llegada, Aldo le dijo a María:

—Hay alguien muy especial que quiero que conozcas.

Y Aldo me presentó a ¡MÍ-MÍ-MÍ!

—Aunque sea difícil creerlo, Humphrey es uno de mis mejores amigos —le dijo él—. Y fue el primero a quien le hable de ti.

—En ese caso, para mí es un verdadero honor conocerte, Humphrey —dijo María con un bella sonrisa.

—¡El honor es mío! —chillé.

—Creo que le caes bien —dijo Aldo.

Y no mentía.

El mundo, hasta el momento, parecía un lugar perfecto para un hámster distinguido e inteligente como yo. Me encontraba en la cima cuando regresé al Aula 26 el lunes. Pero me despeñé tan pronto la señora Brisbane hizo un anuncio alarmante.

—Clase, como ustedes saben, esta es una semana corta debido al Día de Acción de Gracias. Eso significa que Humphrey necesita un lugar donde quedarse cuatro días en lugar de dos. ¿Quién se ofrece voluntario?

No van a creer lo que les voy a decir: NI UNA SOLA MANO SE LEVANTÓ. ¡Yo casi me caigo de la rueda!

Y no solo yo, la señora Brisbane también preguntó sorprendida:

—¿Nadie? Ana, ¿no querías tú llevar a Humphrey a tu casa?

—Oh, sí, pero este fin de semana vamos todos a casa de mi abuela a celebrar el Día de Acción de Gracias —explicó ella.

—Arturo, ¿y tú? ¿No pediste llevarlo el fin de semana pasado? —preguntó la señora Brisbane.

—Sí, pero nuestros familiares vienen este fin de

semana y mi mamá me dijo que no era el mejor momento para traer a Humphrey a casa —señaló Arturo.

Y así uno tras otro, todos tenían grandes planes para el Día de Acción de Gracias. Planes que no incluían invitar a un hámster.

Yo estaba preocupado porque no quería quedarme cuatro días solo en el Aula 26.

Me preocupé durante todo el día el lunes. Me preocupé todo el día el martes. Y me preocupé aún más durante todo el miércoles.

Al final del día, el señor Morales entró en el aula para entregarle un sobre a la señora Brisbane. Creo que era el cheque de su salario porque lo recibió muy contenta.

—Tengo un favor muy grande que pedirle —le dijo ella.

—Seguro, Sue, dime —dijo el director Morales. Llevaba puesta una corbata con dibujos de pavitos.

—¿Podría llevarse usted a Humphrey este fin de semana?

Tenía mis patas cruzadas para que el señor Morales dijera que sí, pero él ni siquiera se sonrió.

—Sue, nada me agradaría más, pero este fin de semana no estaremos en casa —le explicó él—. Si necesitas que lo haga en cualquier otro momento, yo encantado.

Después de que el director saliera del aula, la señora Brisbane suspiró hondo y empezó a recoger sus papeles.

Entonces se volvió hacia mí.

—Bueno, Humphrey, todo parece indicar que pasarás

el Día de Acción de Gracias conmigo —dijo ella.

Mi destino estaba sellado. Iba a ir a casa de la señora que un día había jurado hacerme desaparecer, y nada más y nada menos que ¡por cuatro días! Francamente, no estaba seguro de mi regreso al Aula 26.

CONSEJO DOCE: Si tienes que dejar tu hámster bajo el cuidado de alguien, asegúrate de que sea una persona responsable y de confianza.

Guía para el cuidado y alimentación de los hámsteres, Dr. Harvey H. Hammer.

Gracias, pero no

~•~•~•~•~•~•~•~•~•~•~•~•~•~•~•~

Como la señora Brisbane no me dirigió la palabra durante todo el trayecto hasta su casa, tuve tiempo de reflexionar sobre estos últimos meses. Hasta ahora, no había tenido ninguna mala experiencia con las familias con las que me había quedado. Todo lo contrario: habían sido muy amables y hospitalarias (con excepción de Clemente, el perro de Miranda, pero al fin y al cabo había terminado dominándolo). En agradecimiento, yo también les había dado una mano (quise decir una pata), ayudándoles a resolver algunos de sus problemas. Pues, tal y como decía la señorita Mac, puedes aprender mucho de ti si conoces a otras especies.

Sin embargo, presentía que mi buena suerte iba a cambiar pronto, y era muy posible que ese cambio tuviese lugar en la Casa del Terror de la señora Brisbane. Me imaginaba su casa decorada con esqueletos, murciélagos y calabazas siniestras. Pensando en eso, un escalofrío recorrió todo mi cuerpo, y de repente, escuché la voz de la señora Brisbane:

—Humphrey, debo decirte que en estos momentos para mí eres un estorbo.

—¡LO MISMO DIGO YO! —chillé muy enojado,

sabiendo que ella no me entendería.

—No sé lo que dirá Robert cuando te vea. Pero sea lo que sea, te aseguro que no será nada agradable, como casi todo lo que él dice últimamente —señaló.

¿Robert? ¿Quién es Robert? Y entonces comprendí que debía referirse a su esposo; el que está enfermo. Creo que prefería no conocerlo, especialmente después de haber escuchado lo que ella dijo.

—Este año, el Día de Acción de Gracias no será igual que otras veces. Ha sido un año difícil para nosotros, pero trataremos de pasarlo lo mejor posible.

—Así me gusta —contesté.

Ella sonrió levemente y dijo:

—Gracias por tu apoyo.

La casa de los señores Brisbane era amarilla, con ventanas blancas y muchos árboles grandes. Hojas de diferentes colores cubrían casi todo el césped de la entrada.

—Y como si tuviera poco trabajo, ahora tengo que recoger las hojas del patio —dijo ella, entre dientes.

Ya en el interior, pude ver que la casa era sumamente acogedora. Ni un esqueleto ni un murciélago a la vista. Había muchos cuadros bonitos colgados en las paredes y, sobre una mesa, un precioso jarrón lleno de flores amarillas.

—¿Robert? Estoy aquí —gritó la señora Brisbane.

Unos segundos después, apareció un señor mayor en una silla de ruedas. Su cabello canoso estaba despeinado. Estaba sin afeitar y llevaba puesto un pijama descolorido y muy arrugado.

Su expresión era tan agria que parecía como si se

hubiera acabado de tomar una copa de vinagre.

La señora Brisbane puso mi jaula sobre una pequeña mesa de centro.

—Robert, tenemos un invitado este fin de semana.

Me di cuenta de que trataba de sonar alegre.

—Se llama Humphrey.

—Con lo poco que te pagan, me parece increíble que te obliguen a cuidar a esa rata este fin de semana.

Tuve que morderme la lengua para no decir algo grosero.

—Nadie me ha obligado —protestó la señora Brisbane—. Es que nadie más podía cuidarlo. Por favor, no hagas una montaña de un grano de arena.

Perdón, pero me molesta que me llamen grano de arena, tanto o más que rata.

La señora Brisbane trató de cambiar el tema de la conversación:

—Pensé que te ibas a arreglar hoy.

—¿Y para qué? Si no voy a ver a nadie —gruñó Robert—. Excepto a ti y a esa rata.

La señora Brisbane se levantó dolida y salió de la sala sin decir una sola palabra.

Nadie en el Aula 26 se atrevería a hablar en ese tono a la señora Brisbane. En ese momento, yo hubiese querido mandar a su esposo a la oficina del señor Morales.

Después, la calma volvió por un rato. La señora Brisbane se cambió de ropa ¡y se puso unos vaqueros!

Movió mi jaula a una mesa de jugar a las cartas, en un rincón de la sala. Entonces, ella se sentó y comenzó a leer el libro *Guía para el cuidado y alimentación de los hámsteres,*

112

y el cuadro gráfico con las anotaciones que hacían mis compañeros.

—Parece que tus compañeros te cuidan bien —dijo ella.

—MUY-MUY-MUY BIEN —chillé yo.

Me dio algo de comer y agua limpia para beber. Después, ella y el señor Brisbane se sentaron a cenar en otro lugar de la casa mientras veían la televisión. Se fueron a dormir temprano.

Estoy seguro de que no intercambiaron ni dos palabras en toda la noche. La señorita Mac, incluso, hablaba más en su casa, y eso que ella vivía sola.

A la mañana siguiente, la señora Brisbane se despertó muy temprano y empezó a trajinar en la cocina. En poco tiempo, un rico aroma llenó toda la casa. Hasta llegué a pensar que, después de todo, me iba a gustar esta cosa del Día de Acción de Gracias, o por lo menos el rico olor de la comida.

Lo que no me gustaba del Día de Acción de Gracias era el señor Brisbane. Mientras la señora Brisbane estaba ocupada en la cocina, con ollas, sartenes y cazuelas, el señor Brisbane estaba sentado en la sala, en su silla de ruedas, con el ceño fruncido. Mejor dicho *enfurruñado*. Esta palabra, que había aprendido en la clase de vocabulario, describía perfectamente su actitud.

Después de un rato, el señor Brisbane llamó a su esposa:

—Sue, ¿por qué no dejas lo que estás haciendo y te sientas un minuto?

La señora Brisbane asomó la cabeza por la puerta de

la cocina y simplemente le dijo que no sería una celebración del Día de Acción de Gracias sin pavo y otros platos típicos del día. Entonces, el señor Brisbane contestó que él no tenía ninguna razón para dar gracias. La señora Brisbane no dijo nada, regresó a la cocina y continuó moviendo ollas y cazuelas.

Como no podía soportar por más tiempo la expresión en el rostro del señor Brisbane, decidí dar algunas vueltas en mi rueda, primero, despacio, y luego, rápido. Iba tan rápido que no podía distinguir si el señor Brisbane sonreía o hacia una mueca.

Finalmente, la señora Brisbane vino a la sala y se sentó.

—¿Te has fijado en eso, Sue? —le preguntó el esposo.

—Lo hace todo el tiempo —le explicó ella.

—Dando vueltas en su rueda, como yo. Encerrado en una jaula sin salida. La voz del señor Brisbane sonó tan triste que paré de dar vueltas; me sentía mareado.

—Te equivocas, Robert —dijo la señora Brisbane—. Humphrey no está encerrado; él sale a todas partes. Todos los fines de semana va a una casa diferente. Come diferentes comidas. Sale de su jaula y recorre laberintos. Salta, corre y trepa. Tú mueves tus ruedas, pero no vas a ninguna parte. Estás encerrado en una jaula, ¡pero te la has hecho tú mismo!

Escuchar a la señora Brisbane hablar de esa manera me sobrecogió.

El señor Brisbane también se sorprendió.

—¿Crees tú que yo quise que ese auto me golpeará? ¿Crees tú que fue mi culpa? —preguntó.

—Por supuesto que no, Robert. Y no me canso de dar gracias porque estás vivo. Y ese precisamente es el problema: estás vivo, pero actúas como si no lo estuvieras.

Y, dicho eso, la señora Brisbane se levantó y se fue a la cocina. Y el señor Brisbane se quedó con el ceño fruncido, mirándome fijamente.

Cuando acabó, la señora Brisbane sirvió la cena en la mesa del comedor. Los vi cenar desde mi posición privilegiada en la mesa de la sala. Cenaron casi sin hablar.

—La cena está deliciosa —dijo el señor Brisbane.

Es lo único agradable que le había escuchado decir en todo este tiempo.

—Gracias —contestó ella.

Hubo un silencio tras el que el señor Brisbane dijo:

—Recuerdo que el año pasado, después de la cena del Día de Acción de Gracias, Jason y yo jugamos con la pelota de fútbol en el patio… Y este año, yo estoy encerrado aquí y Jason está en Tokio.

—¿Por qué no lo llamamos? —sugirió ella.

—Allá es todavía muy temprano —dijo él—. Tendremos que hacerlo más tarde.

Fútbol. Jason. Tokio. Puedes aprender mucho si paras de dar vueltas y escuchas con atención.

Esa noche, oí cuando llamaron a Jason, quien resultó ser su hijo, que ahora trabajaba en Tokio, un lugar LEJOS-LEJOS-LEJOS, más lejos que Brasil, según se apreciaba en el mapamundi del Aula 26.

Caramba, había más señoras Brisbane de las que yo me imaginaba. Una era mala conmigo, la otra era buena con los estudiantes. Una era esposa, la otra era madre.

115

Una era cocinera y llevaba trajes oscuros, la otra usaba vaqueros.

Pero, ¿cuál era la *verdadera* señora Brisbane?

Esa noche, antes de entrar a su habitación, escuché a la señora Brisbane, la esposa, decir:

—Yo sé que tú piensas que soy muy dura contigo, pero creo que ha llegado el momento de que decidas qué vas hacer con el resto de tu vida.

El señor Brisbane no contestó.

CONSEJO TRECE: Recuerda: los hámsteres son muy, muy curiosos.

Guía para el cuidado y alimentación de los hámsteres, Dr. Harvey H. Hammer.

Juguemos al escondite

Aparentemente, el día siguiente del Día de Acción de Gracias, los humanos hacen dos cosas: comen lo que sobró de la cena la noche anterior y van de compras.

El señor Brisbane no fue de compras, pero la señora Brisbane salió temprano de la casa, no sin antes advertirle a su esposo que había mucha comida de la noche anterior en la nevera.

Yo me quedé solo con el señor cascarrabias. Y todo lo que hizo fue sentarse en su silla de ruedas con la cara enfurruñada.

Hubiera preferido estar con el señor Morales o conversando con la familia de Selma o fastidiando al perro de Miranda o jugando a las cartas con la familia de James o viendo a Aldo balancear la escoba en un dedo. Pero, no, me tenía que conformar con verle la cara a ese señor amargado y refunfuñón.

Pensaba en dormir una siesta cuando recordé lo que había dicho la señora Brisbane y pensé:

"Este hombre tiene que salir de su jaula".

—¡Fuera de la jaula! —chillé sin darme cuenta.

—¡Cállate tú, pequeña rata! —me gruñó el señor Brisbane.

Entonces acercó su silla a la ventana y se quedó mirando hacia fuera.

Me daba igual si él no quería salir de su jaula, pero yo sí iba a salir de la mía, porque tenía un Nuevo Plan.

El señor Brisbane no se dio cuenta cuando abrí la-cerradura-que-no-cierra, ni tan poco me vio cuando salí de la jaula y corrí por la mesa hasta llegar al sofá, ni cuando salté al suelo. No me prestó atención hasta que me vio en medio de la sala y grité:

—¡AGÁRRAME SI PUEDES!

En realidad, no me entendió, pero mi chillido llamó su atención. Aunque su rostro no mostraba muchas emociones, vi que se quedó sorprendido al verme fuera.

—¿Cómo saliste? ¿Y cómo voy a poder meterte dentro otra vez? —Movió su silla hacia mí—: Vamos, como-quiera-que-te-llames. Entra en tu jaula.

Dejé que se acercara hasta poderme alcanzar. Se inclinó con las dos manos juntas, pero justo en el momento en que iba a agarrarme, salí corriendo al otro extremo de la sala.

—¿Qué te crees, pequeña rata? De mí no te vas a burlar —dijo él.

Fue hasta el clóset de la entrada y buscó una gorra de béisbol. Nuevamente vino hacia mí, y dejé que se acercara lo suficientemente como para agarrarme. Entonces levantó la gorra de béisbol y dijo:

—OK, amigo, veremos quién gana.

—Veremos —chillé mientras corría nuevamente hacia la sala.

Pronto establecimos las reglas del juego: 1) Yo me quedaba quieto, en medio de la habitación, donde él pudiera llegar con su silla de ruedas. 2) Él se valía de la gorra para atraparme.

Bueno, si es que podía.

Cuando fue hacia el comedor, yo salí corriendo a la sala de estar.

—Te crees muy listo, ¿verdad? Veremos quién lo es más —me retó.

De la sala de estar salí corriendo hacia el pasillo. Me fijé en que las mejillas del señor Brisbane tenían un color rosado y me pareció ver una sonrisa en su rostro.

—¡Eres listo, pero no te saldrás con la tuya!

Para hacer el juego más interesante, dejé que acercara la gorra muy cerca de mí. Entonces salí corriendo hacia la sala. Antes de seguirme, él cerró las puertas del baño, del dormitorio y del cuarto de huéspedes. Debo admitir que fue una buena jugada: limitaba mis posibilidades de escape.

Una vez en la sala, decidí usar mi propia estrategia. Me escondí debajo del sofá. Él se quedó desconcertado por unos minutos.

—Ven aquí, Humphrey. Tendrás que salir tarde o temprano —gritó.

Y yo que pensaba que no sabía mi nombre...

Movió las cortinas y las sillas para ver si me hacía salir de mi escondite.

119

Qué lástima que no se le ocurriera lo de las semillas de girasol, como al señor Morales.

Finalmente, me cansé de jugar, salí de debajo del sofá y corrí hacia el comedor. El señor Brisbane me siguió, y esta vez dejé que me atrapara con la gorra.

—¡Gané! —gritó triunfal. Me miró resplandeciente de orgullo y dijo—: Pero fuiste un buen adversario.

Me metió en la jaula y me fui a mi rinconcito a dormir. Debo admitir que el juego me había agotado.

No pasó mucho tiempo antes de que la señora Brisbane regresara con varias bolsas llenas de paquetes.

—¿Qué pasó, Robert? —preguntó ella al verlo.

—Nada —dijo él.

—Tienes la cara colorada. Pareces diferente. Y además tienes puesta una gorra de béisbol —señaló ella.

—Siéntate y te lo cuento.

Le relató todos los detalles de nuestro partido, haciendo gestos con la gorra.

—Me he dado cuenta de que hay cosas que todavía puedo hacer —dijo—. ¿Qué te parece si jugamos una partida de cartas?

La señora Brisbane se quedó casi sin habla:

—Me parece buena idea —dijo ella, poniéndose de pie.

El señor Brisbane le hizo señas con la gorra para que no se moviera:

—Quédate sentada, yo traigo la baraja.

En lo que fue a la sala de estar, la señora Brisbane se volvió hacia mí y me dijo en bajito

—Gracias, Humphrey.

El señor Brisbane no frunció el ceño el resto de la tarde y de la noche, excepto cuando la señora Brisbane le ganó la partida.

Al día siguiente, sábado, el señor Brisbane no aparecía.

—¿Dónde podrá estar? —me preguntó—. ¡Hace meses que no sale de casa!

Un minuto más tarde, entraba desde el garaje con una caja llena de tablas, cartones y ladrillos sobre las piernas.

—Se me ha ocurrido una idea para nuestro amigo Humphrey —dijo él.

El señor y la señora Brisbane se pasaron el resto del día construyendo una pista de obstáculos sobre la mesa de la sala de estar. Colocaron unas tablas para que me mantuviera dentro de la pista. Entonces, pusieron diferentes obstáculos con el fin de que yo pudiera saltar y meterme por los huecos de los ladrillos; hicieron varias rampas de cartón para que pudiera subir y bajar por ellas. ¡Fue muy divertido!

El señor Brisbane sacó un cronómetro y midió el tiempo que me llevaba hacer el recorrido completo. Incluso hicieron apuestas sobre cuánto tardaría desde el punto de partida hasta el final de la meta. La señora Brisbane agregó "algunos obstáculos", como trocitos de manzana y galletita. Me divertí MUCHO-MUCHO-MUCHO, y me di cuenta de que ellos también.

El domingo por la tarde, los Brisbane invitaron a sus

121

vecinos para que vieran cómo corría por la pista.

El señor y la señora Robinson trajeron a sus mellizos de cinco años.

—Me alegra verte tan contento —dijo el señor Robinson.

—Creo que va mejorando —le susurró la señora Brisbane a la señora Robinson.

Pero el lunes por la mañana, el rostro del señor Brisbane se había avinagrado nuevamente.

—Sue, ¿por qué no podemos quedarnos con él? —le preguntó.

—Los niños nunca me lo perdonarían —dijo ella—. En realidad es de ellos. Pero… se aproximan las vacaciones de Navidad y entonces Humphrey podrá pasar dos semanas con nosotros.

¿Sería cierto lo que mis peludas orejas oían? ¿Sería posible que yo le cayera tan bien que ella quisiera que regresara pronto? Esta era una nueva señora Brisbane. Una a quien yo le caía bien.

Cuando el lunes la señora Brisbane y yo regresamos al Aula 26, me sentía muy cansado, pero era un cansancio diferente, y sabía que podría dormir una buena siesta durante el recreo.

CONSEJO CATORCE: Es bueno dejar a los hámsteres correr fuera de su jaula, en un espacio protegido, una o dos horas al día.

Guía para el cuidado y alimentación de los hámsteres, Dr. Harvey H. Hammer.

¡Alegría para el mundo!

En diciembre, las cosas en el Aula 26 comenzaron a cambiar. Por una parte, el tiempo se volvió más frío y un aire helado se colaba por mi ventana. Temprano por la mañana, las ventanas amanecían cubiertas de escarcha, formando diferentes figuras: algunas eran como copos de nieve y otras como cabezas de león que daban mucho miedo.

Pero yo me sentía confortable y calentito en mi rinconcito de dormir.

Y luego aparecieron otros copos de nieve. No los reales, sino hechos con papel, que decoraban las paredes del aula. Y había muñecos de nieve de algodón y dibujos de velas, regalos y trineos.

Se aproximaban las fiestas: ¡Navidad, *Chanukah* y *Kwanzaa*! Todo era alegría, canciones, regalos y, sobre todo, ¡no dejábamos de pensar en las vacaciones!

El fin de semana siguiente a la celebración del Día de Acción de Gracias, fui a casa de Presta-Atención-Arturo. Y lo único que puedo decir a su favor es que a mí me prestó mucha atención.

A veces (no siempre) la señora Brisbane me llevaba a

su casa por la noche, entre semana, para ver al señor Brisbane. Él me preparaba un laberinto con obstáculos y nos reíamos y nos divertíamos mucho.

El siguiente fin de semana fui a casa de Rita Morgenstern. El viernes por la noche fue muy agradable. Rita convenció a su mamá para que me dejara ver cómo encendía una de las velas de la *menorah,* reunidos todos en familia. Y la comida estaba riquísima.

Me sentía contento de que la señora Brisbane no me llevara a su casa todas las noches. Por un lado, si tenía que correr la pista de obstáculos todas las noches, me desgastaría. Y, por otro lado, no podría ver a mi amigo Aldo.

Ahora Aldo podía balancear la escoba en la cabeza. Colocaba la punta del palo de la escoba en la cabeza y la sostenía durante un rato. Movía el cuerpo de un lado a otro para mantener el equilibrio, mientras hacía muecas con la cara.

Una noche, durante la semana, Aldo acercó una silla a mi jaula y me dijo:

—Humphrey, viejo amigo, necesito hablar contigo sobre algo.

Parecía algo realmente importante, así que puse toda mi atención.

—Estoy pensando en regalarle un anillo a María por Navidad. Un anillo con algo que brille: un anillo de compromiso. Sé que no hace mucho tiempo que nos conocemos, lo que significa que no tenemos que casarnos en seguida. Pero, por otra parte, me estoy haciendo mayor y creo que es el momento de sentar la cabeza y formar una familia, tener un par de hijos y también un par de hámsteres. ¿Entiendes?

—Entiendo —chillé bajito.

—Dime, ¿qué crees? —Aldo fijó sus grandes ojos oscuros en mí y dijo—: ¿Debo pedirle que se case conmigo?

Me paré en mis dos patas traseras y comencé a gritar:

—¡SÍ-SÍ-SÍ!

Entonces él también se levantó y dijo:

—¡Tienes razón! ¡Lo haré! ¡Sería un tonto si no lo hiciera!

Salió rápidamente del aula, olvidándose del carrito de la limpieza, pero, cuando regresó a recogerlo, me dio las gracias.

A veces, no siempre, es bueno expresar tu opinión.

El tercer fin de semana después del Día de Acción de Gracias, fui a casa de Ana Montana y vi cómo su familia decoraba el árbol de Navidad. Era la cosa más bonita que yo había visto, sin olvidar el arbolito que Ana había puesto en mi jaula. Estaba hecho de mi comida favorita: ¡brócoli!

Las vacaciones de Navidad se aproximaban y, de pronto, era como si no tuviéramos que hacer mucho trabajo en clase. Todo el mundo estaba ocupado preparando la fiesta que tendría lugar el último día de clase, antes de las vacaciones.

Un día, Gregory (quien nunca esperaba por la campana) se quedó después de clase para hacerle una pregunta a la señora Brisbane.

—Señora Brisbane, ¿puedo llevarme a Humphrey a

casa durante las vacaciones? —preguntó él.

La señora Brisbane se sorprendió tanto como yo:

—Gregory, yo tenía entendido que eso era un problema en tu casa.

—Eso era antes; mi mamá está mucho mejor y mi papá me dijo que podía traer a Humphrey a casa —señaló Gregory, sonriendo.

La señora Brisbane también sonrió:

—¡Qué buena noticia! Pero creo que dos semanas puede ser mucho tiempo. ¿Qué te parece si lo llevas la primera semana de enero?

Gregory asintió con la cabeza, aunque parecía decepcionado.

—¿Por qué no le pides a tus papás que te traigan a casa durante las vacaciones para que lo veas? Podrás verlo correr por la pista de obstáculos. ¡Es increíble!

Ahora Gregory parecía más animado.

El último día todo el mundo estaba bien vestido. Yo llevaba puesto mi abrigo de piel como de costumbre. La señora Brisbane llevaba un suéter de rayas rojo y verde, y una falda también verde. También llevaba puesto un gorro de Santa Claus.

Una nueva señora Brisbane. Vestida para una fiesta.

—Clase, tengo un anuncio importante: esta mañana, antes de la fiesta, recibiremos una visita. Por lo tanto, hoy no tendremos prueba de vocabulario.

Pasado el alboroto, la señora Brisbane salió a la puerta del pasillo e hizo un gesto con la mano. Un minuto más tarde, a que no adivinan quién entro a la clase: ¡nada más y nada menos que el señor Brisbane!

126

Él también llevaba puesto un gorro de Santa Claus. Se le veía mucho mejor. No tenía barba ni pijama arrugado. En las piernas traía una caja grande. La señora Brisbane se lo presentó a la clase y todo el mundo aplaudió. Entonces explicó que la sorpresa era realmente para ¡MÍ-MÍ-MÍ!

Sacó de la caja algo muy parecido a mi jaula, pero más grande.

—Este es mi regalo para Humphrey. Es una extensión que se conecta a su jaula y la hace más grande. Y ahora, espero que me ayuden a terminar su regalo: un parque de recreo.

Los niños saltaron de alegría y aplaudieron, y yo no pude evitar emitir un chillido de felicidad. No solo me quedaría con mi confortable jaula, con la-cerradura-que-no-cierra, sino que, además, iba a tener mi propio parque para jugar.

El señor Brisbane reunió a todos los estudiantes alrededor de la mesa y les explicó su plan. Mientras, la señora Brisbane sacaba todas las piezas: un balancín, un arbolito para que pudiera saltar de rama en rama, una barra de ejercicios y dos pequeñas escaleras, una para trepar y la otra para caminar de lado a lado de la jaula como si fuera un puente.

Mientras los niños trabajaban, Selma me sostenía en sus manos. Me acariciaba y susurraba dulces palabras. El señor Brisbane, con paciencia, daba instrucciones a los pequeños sobre lo que tenían que hacer y se aseguraba de que todos participaran.

Entonces, el señor Morales llegó para ver cómo iba

todo. Llevaba puesta una corbata con lucecitas de Navidad ¡y se encendían!

Él y la señora Brisbane se pararon detrás de los niños a observar, complacidos, cómo iba creciendo mi parque de recreo.

—Me parece que Robert tiene alma de maestro —le dijo el señor Morales a la señora Brisbane.

—Y la tiene. De hecho, hace poco comenzó a dar clases de dibujo y artes manuales a personas mayores y a niños pequeños en el Centro Comunitario.

—Me alegro de que haya encontrado algo nuevo en que ocuparse —dijo, complacido, el señor Morales.

—Gracias a Humphrey —respondió ella.

Esas palabras fueron el mejor regalo que yo hubiera podido recibir.

—¿A que no adivinas qué compré a mis hijos por Navidad? —dijo el señor Morales—. Un hámster. Es un regalo para mí también. Creo, incluso, que mi padre también lo disfrutará.

Cuando Selma me metió en la jaula, todo el mundo observaba cómo corría de un lugar a otro, inspeccionado mi nuevo parque de recreo y todo el equipo. Ahora podría salir al recreo cuantas veces quisiera. ¡Bravo!

Justo en ese momento, llegaron algunas madres con *cupcakes* y jugo. Mientras repartían la comida, Selma y Miranda salieron del aula, sin hacer ruido.

Después, la señora Brisbane anunció que tenía otra sorpresa: regalos para todo el mundo. La puerta del aula se abrió y entraron Miranda y Selma vestidas de rojo, con adornos de piel en blanco (no piel verdadera como la mía) y gorros del mismo color. Las dos tenían un cesto lleno de regalos. Comenzaron a repartirlos, a la vez que cantaban alegres canciones. Los niños abrieron sus paquetes y todos recibieron un llavero con un precioso hámster de peluche colgando. Los había de todos los colores: rojos, verdes, morados, dorados, plateados… Todos preciosos.

Las madres entregaron a la señora Brisbane, en nombre de todos los estudiantes, un regalo: unos pendientes rojos que ella se puso en seguida.

Yo pensaba que este era un día perfecto, hasta que el señor Morales asomó la cabeza al pasillo y luego anunció que él tenía otra sorpresa.

No estaba seguro de poder resistir muchas más sorpresas.

Y, entonces, entró ella. La mayor sorpresa que yo podía imaginar.

¡La señorita Mac había regresado!

Llevaba puesta una falda amplia de flores y una blusa de color rojo vivo, y tenía una mariposa en el cabello. (No de verdad, por supuesto.) También tenía una bolsa de tela grande.

—¿Se acuerdan de mí? —preguntó con una sonrisa.

Mis compañeros corrieron hacia ella locos de contento.

Yo estaba tan sorprendido que me quedé *"chimudo"*.

La señora Brisbane hizo que todos los alumnos se sentaran y le pidió a la señorita Mac (en realidad, dijo la señorita McNamara) que nos contara cosas de sus viajes.

La señorita Mac nos habló de la selva tropical y de su

experiencia enseñando en una escuela en Brasil. Entonces abrió la bolsa grande y sacó un montón de tarjetas de felicitación. Sus estudiantes habían hecho una para cada uno de los alumnos del Aula 26.

Mientras los chicos se mostraban las tarjetas unos a otros, ella se acercó a mi jaula.

—Puedo ver por tu jaula que te cuidan bien y que estás contento —dijo con una sonrisa—. Y yo que creía que estarías pensando en mí todo el tiempo…

—¡LO ESTABA! —chillé.

Metió la mano en la bolsa y dijo:

—Tengo un regalo especial para ti, pero no se le digas a nadie.

Sacó un pequeño cuaderno con páginas en blanco. Muchas. Y un lápiz diminuto con una punta bien afilada:

—Pensé que tendrías muchas historias que contar —señaló.

Entonces, los guardó con cuidado, detrás del espejo.

La señorita Mac se me quedó mirando durante un rato más y dijo dulcemente:

—He visto muchas criaturas en todos los lugares que he visitado en los últimos meses, pero sigues siendo la criatura más bonita e inteligente de todas.

¡SÍ-SÍ-SÍ!

—Y no te preocupes, vendré a visitarte nuevamente.

Seguía siendo la misma de siempre, la maravillosa señorita Mac. La seguiría hasta el fin del mundo o, por lo menos, hasta Brasil.

Pero entonces caí en la cuenta. Por más que yo la quisiera y ella a mí, la señorita Mac no me necesitaba, no tanto como los señores Brisbane y mis compañeros de clase. Quizás eso es lo que la señorita Mac sabía cuando me dejó en el Aula 26. Este era, sin duda, mi lugar.

La campana sonó demasiado pronto. Señalaba el final de clases. Señalaba el fin del curso escolar este año. Mientras caminábamos en dirección al auto, mi cabeza daba vueltas y vueltas de tantas sorpresas recibidas durante ese día.

En el estacionamiento, Aldo se acercó para desearnos felices fiestas. Había venido a recoger a su sobrino Ricky.

—Que tengas unas felices fiestas, Aldo —le dijo la señora Brisbane.

Aldo sonrió de tal manera que su gran bigote se agitó al igual que lo hacía la barriga de Santa Claus:

—Lo serán. ¡Me acabo de comprometer y voy a casarme!

—¡Enhorabuena! —chillé encantado.

Aldo se inclinó hacia mí y me dijo:

—Gracias, amigo.

Esa noche, en casa de los señores Brisbane, hubo otra sorpresa. Sonó el timbre de la puerta y al abrirse, apareció un joven alto y guapo. Llevaba puesto un gorro de Santa Claus, pero no era Santa. Era Jason, el hijo de los señores Brisbane. Había viajado desde Tokio para sorprender a sus padres. Estaban tan felices de verlo que lloraron de alegría.

Y yo por poco también lloro.

Pronto la casa se llenó de amigos y vecinos y la señora Brisbane se sentó al piano. Todos cantaron villancicos mientras brindaban con sidra.

Yo comía mi trocito de manzana y chillaba al compás de la música.

Esa misma noche, cuando en la casa reinó un silencio absoluto, me puse a pensar en todo lo que había hecho durante estos meses desde que salí de Mascotalandia. En aquella época, no sabía nada sobre del mundo, pero he aprendido mucho desde entonces. Aprendí a leer y a escribir, y me sé todas las capitales de los estados. Si no me creen, pregúntenme alguna.

Aprendí que nunca debes darle la espalda a un perro. Y que, de vez en cuando, es una buena idea apagar el televisor.

Aprendí que no solo los niños tienen problemas, sino también los maestros y los directores de escuela. Y que, a veces, lo que las personas necesitan es un poco de comprensión y estímulo.

Pero lo más importante que aprendí es que un hámster, por pequeño que sea, puede lograr cambios.

Decidí entonces escribir todo lo que había aprendido de mis aventuras en mi nuevo cuaderno. Pero como me quedaba una línea en blanco, me puse a pensar y a pensar, y anoté lo que en ese momento me dictó mi corazón:

¡ALEGRÍA PARA EL MUNDO!
(¡Y también para TI!)

Humphrey

Guía para el cuidado y alimentación
de los humanos
De acuerdo a Humphrey

~~~~~~~~~~~~~~~~~~~~

1. Al igual que los hámsteres, los humanos vienen en muchos, muchos tamaños, formas, colores, talentos y temperamentos. Si los juzgas solo por su apariencia, no llegarás a conocer a algunas personas verdaderamente maravillosas.

2. A los humanos les gusta divertirse y no requiere mucho esfuerzo entretenerlos. Si chillas, saltas o das vueltas, ¡les encantará!

3. Los humanos son también muy divertidos. Cantan, bailan, hacen chistes y balancean escobas.

4. Todos los humanos necesitan DE VERDAD-DE VERDAD-DE VERDAD a alguien que escuche sus problemas y les dé consejos. Preferentemente si ese alguien es pequeño y peludo.

5. Incluso humanos importantes (como los directores de escuela) tienen problemas y también necesitan ayuda.

6. Las gomas elásticas duelen. No se las tires a nadie, a menos que sea absolutamente la única arma que tengas para defenderte de una criatura mucho más grande que tú.

7. Los humanos no son muy buenos en cosas técnicas o manuales, como arreglar una cerradura-que-no-cierra.

8. Los humanos tienen acceso ilimitado a toda clase de manjares, así que sé amable con ellos.

9. Si te comportas bien con los humanos, ellos se comportarán de igual manera contigo. Si tienes suerte, incluso te construirán un parque de recreo.

10. La memoria de los humanos es excelente: si se van lejos, a enseñar en otro país, nunca te olvidan. Y te aseguro ¡que tú tampoco te olvidarás de ellos!

Recuerda lo más importante:
Puedes aprender mucho de ti mismo
aprendiendo sobre otras especies.
Incluso de los humanos.

Querido Lector:

Para escribir este libro hice muchas investigaciones acerca de los hámsteres, y pasé mucho tiempo observando estas maravillosas criaturas en la tienda de mascotas que hay en mi barrio.

Quisiera poder decirles que tengo un hámster, pero la verdad es que no lo tengo. Yo en realidad amo a *todos* los animales (perros, gatos, patos, cabras, tortugas, pájaros...), pero tengo una perra que es una gran cazadora. No solamente ella sufriría de pena si adopto un hámster, sino que el nivel de tensión en nuestra casa subiría al máximo. Esa es la razón por la cual incluí el capítulo en el que Humphrey logra, con su astucia, ganarle la partida a Clemente.

Aun sin tener un hámster, siento como si yo *fuera* Humphrey, porque él es muy parecido a mí. Es un buen observador, cualidad indispensable para ser escritor. En mi escuela primaria no me sentaba en una jaula, pero observaba con detenimiento lo que hacían todos a mi alrededor, desde el director, hasta la maestra, el conserje y los estudiantes. Odiaba quedarme en casa cuando estaba enferma porque tenía miedo de perderme algo interesante.

Humphrey es bondadoso, amable y tiene un gran sentido de la justicia. Yo, un simple ser humano, no llegaré al nivel de compasión que tiene Humphrey, pero nunca dejaré de intentarlo.

Humphrey es un apasionado de la vida y del saber, del mundo que nos rodea y de todo lo que hay por descubrir... ¡Me emociono solo de pensar en su ansia por aprender más!

A veces, cuando estoy muy emocionada, también repito las cosas tres veces, pero solo cuando algo es REALMENTE-REALMENTE-REALMENTE, MUY-MUY-MUY importante para mí, como evitar que alguien acose a otra persona, encontrar en un mapa el estado donde resides y tener buen vocabulario y buena ortografía.

Sin embargo, *no* soy nocturna. Soy *diurna*: me gusta madrugar. Pero, conociendo a Humphrey, sé que no le importará.

Me encantará escuchar las historias sobre *sus* hámsteres. Me pueden escribir a betty@bettybirney.com o visiten mi página: www.bettybirney.com

Afectuosamente, la amiga de Humphrey,

Betty G. Birney